プリシラの口内を舌で蹂躙しながら、ふたつの乳房を揉みしだく。
その手の動きは荒々しかったが情熱的で、彼の長い指が乳首に当たるたびに、
プリシラは喘ぎ、彼の肩に回した手に力が入った。
「そうだ……。そうやって俺につかまっていろ」

離婚してください!

～逃亡王妃となりすまし騎士王の蜜愛～

藍井 恵

Vanilla文庫

目次

序章 …… 7
第一章　夫の顔がわかりません …… 18
第二章　騎士王、落ちる！ …… 52
第三章　ツンデレからデレを抜いた女 …… 101
第四章　全て雨のせいだ …… 119
第五章　奥様は私！ …… 143
第六章　ただ肉ジャガが食べたかっただけなのに …… 166
第七章　裏切り者は誰？ …… 203
第八章　止まらない欲望と終わらない蜜夜 …… 241
終章 …… 284
あとがき …… 286

離婚してください！
逃亡王妃となりすまし騎士王の蜜愛

イラスト／SHABON

序章

ランカステル公国の第一公女、プリシラが前世の記憶を思い出したのは十七歳の夏、冒険家から献上された品々を妹たちと見ていたときのことだ。

接客用の広間の大きなテーブルには、きれいな色の宝石や羽飾り、織物が並べられていて、三人の妹たちは、気に入ったものを見つけては「この宝石、首飾りにしたいわ」、「この赤いリボン、花が織り込まれてる！」などと、盛り上がっていた。

そのとき八歳の末妹が驚きの声を上げた。

「何、この石！　変なものが生えていて気持ち悪い！」

妹の視線はテーブルではなく、床に置かれた木箱のほうを向いている。

何ごとかと思い、プリシラが駆け寄ってのぞき込むと、そこには薄茶の石がごろごろ入っていた。だが、薄紫の茎が生えているので石ではない。

その瞬間だった。

木製の低いテーブルが急に、プリシラの目に浮かんだ。そのテーブルは、厚めの布が垂れていて足元が見えないようになっている。

そんな奇妙なテーブルの上に、陶器の深皿が置かれていて、中に、見たことのない料理があった。

大きな栗《くり》のようなものに亜麻色の肉とタマネギ、ニンジンがからまっていて、とてつもなくおいしそうだ。

——ニクジャガ！

不意に呪文のような言葉が浮かんだそのとき、日本という国で過ごした前世が走馬灯のように脳裡《のうり》を駆けめぐった。

母が作ってくれた大きなジャガイモの入ったトマトシチュー。ファストフード店の中で最も好んだのは皮付きのフライドポテト。そしてなんといっても、自分で開店した和食カフェの看板料理だった肉ジャガ！

そこまで思い出したところで、現世の父であるランカステル大公に声をかけられる。プリシラの金髪と青い瞳は父親譲りだ。彼が威厳をもってこう告げてきた。

「その石みたいな実は、私が支援している冒険家が、海の向こうのチヌークという国で手に入れたものだ。あちらでは食されているようだが、船内で調理したところ、腹を下す者が続出したそうだから気をつけるんだぞ」

——芽を取らずに食べたんだわ！

長い日数をかけて運ばれてきたせいで、ジャガイモには芽どころか、もやしみたいな茎がニョロニョロ生えている。

「まあ、お父様。きっとこれは球根みたいなものなんですわ。土に埋めてみます」

父が顎鬚《あごひげ》を撫《な》でながら破顔した。

「我が家の植物博士はさすがだなぁ」

プリシラはもともと植物が好きで、庭の花壇でいろんな花を育てているのだ。

——イモなんて枯れた土地でも育つんだから、あの花壇なら、たくさん採れるわ。

ほかの木箱にトマトの植木があったので、プリシラはジャガイモとトマトを育てた。

これまで公女として生きてきて料理などしたことがなかったが、ジャガイモとトマトを食べたいばかりに、かまどに火を起こして鍋を使う方法を教わった。

そうこうしているうちに、プリシラはこの想《おも》いを強くしていく。

——肉ジャガが食べたい。

それには醬油《しょうゆ》が必要だ。

醬油を思い浮かべるだけで、香ばしい匂いとともに、ものすごい郷愁がプリシラを襲う。

匂いを頼りに記憶を繋《つな》げていったところ、醬油の名産地として有名な小さな島で生まれ育ち、実家は醬油醸造所《じょうぞうじょ》だったことが思い出された。

前世のプリシラは料理が得意で、大人になると、旅行者を相手に和食のカフェを開いた。

島内外から定期的に訪れる客に恵まれ、実家の醤油で作った肉ジャガは、島一番おいしいと言われるようにまでなった。

——誰よりも私自身が、自分の肉ジャガが大好きだったのよ！

ただ、醤油を造るには麹《こうじ》が必須である。この世界で麹など売っているわけもなく、自分で作るしかない。

——確か米の穂に稲麹が着くことがあるはず。

問題は、稲作の知識がないということだ。

現世の食料について調べていると、隣のオラーノ王国ブエナフエンテ伯領には米と魚介を煮たパエリアのような料理があり、稲作が行われていることがわかった。

しかも、そこには前《さき》の伯爵夫人が趣味で築かせた疑似農村があり、その農村を造りあげたロドリゴという三十男が米農家出身というではないか。

伯爵夫人がふた月前に亡くなっていたこともあり、プリシラは彼を公女付き侍従としてスカウトし、ランカステル公城の庭に水田を作ってもらった。

田植えをして迎えた初めての秋。黄金の絨毯《じゅうたん》のようになった一面の稲穂がプリシラの眼前《がんぜん》に広がる。胸が苦しくなるほど懐かしい風景だ。

この稲穂のひとつにでもいいから深緑色のカビの塊である〝稲麹〟が着いてくれれば、醤油造りも夢ではない。

そんなある日、ロドリゴがプリシラの居室を訪れた。困惑したように眉を下げている。

彼は伯爵夫人のお気に入りだっただけあって、いつもにこやかなので、困ったような表情を見たのは初めてかもしれない。

その彼が、長椅子に座るプリシラの前まで来ると、木箱を差し出してきた。

「公女殿下、カビの着いた稲が見つかりましたが、ご所望のものはこれで合っていますでしょうか?」

プリシラはその箱の中から、深緑色の塊を摘まんで掌《てのひら》にのせた。

――まさか一年目で採れるなんて！

このカビこそが醤油造りに欠かせない麴菌だ。

「やったわ！　ありがとう。これが欲しかったの」

プリシラはうれしすぎて涙が出そうになったのをこらえながら、ロドリゴを見上げる。

すると、ロドリゴが目を瞬《しばた》かせた。

「この塊が着くと、その年は豊作だって喜ぶことはありますけど……」

「このカビは、ある調味料を作るのに必要なの。でも、お米も育てて食べましょうね」

やはり肉ジャガには、パンよりも白いごはんが合う。

「はい。わかりました」

ロドリゴが小さく礼をしたそのとき、侍女のカルメラが入ってきて、こう告げてくる。

「公女殿下、大公陛下がお呼びです。執務室にいらっしゃるようにとのことでした」

「え？　執務室に？」

父親に呼ばれること自体が少ないし、呼ばれたとしても、いつも大公夫妻の居室だ。執務室に呼ばれるなんて初めてである。いやな予感がした。

というのも、プリシラは十八歳。適齢期なのだ。

プリシラは男兄弟がいないので、広大なランカステル公領の女相続人である。大公の死後、領地はプリシラの夫のものになるから、周辺の有力王侯貴族は皆、プリシラを狙っていると言っても過言ではない。

そんなことに思いを巡らしながら、プリシラはカルメラにつき添ってもらって、違う棟にある父親の執務室を訪ねる。プリシラが入るなり人払いをされた。

緊張が高まる。

「プリシラ、そこに座りなさい」

大公の執務室は、本棚を背に執務机があり、中央に重厚で大きなテーブルがある。その周りを囲む椅子に父が座したので、プリシラは隣に腰を下ろす。

「そなたも、もう十八歳。いつまでも趣味の畑仕事にいそしんでいるわけにはいくまい」

――やっぱり！

「……ということは……もしかして……縁談……ですか？」

「その通りだ。プリシラは食べもののことしか考えていないのかと思っていたが、実は将来のことも考えていたのだな」

笑いながら言われ、失礼な気もしたが、それどころではない。

「あの……お相手は？」

せめて美形であってほしい。優しい人であってほしい。自分を愛してくれる人であってほしい。

プリシラはごくりと生唾を飲み込み、次なる言葉を待つ。

「オラーノ王グラセス二世だ」

——美形、来た！

オラーノ王国は、前《さき》の王が戦死し、今の王はまだ二十代後半。その美しい顔を兜《ヘルメット》で隠して勇猛果敢に戦い、大国マリュスの侵略から国土を守った。ランカステル公国が戦争と無縁でいられたのは、オラーノ王がマリュス軍を食いとめてくれたおかげだ。彼の率いる騎士団は機動力が高く『疾風騎士団』と呼ばれている。

こんな立派な王の妃になるのは荷が重い。

——私の望みはただ、肉ジャガをもう一度食べたいってことだけなのに……。

「お父様、正直驚きましたわ。貴族に嫁入りするものかと……てっきり」

王と貴族は、江戸時代でいう将軍と藩主のような関係だ。父は、条件的に最高の縁談を持ってきたといえる。

「そのほうが気楽だったかもしれぬが、やはり今後の平和のことを考えると、領土が広大な我が公国が王領になったほうが、戦が起きにくくなるからな」

ランカステル公国はオラーノ王の直轄領に匹敵するほど広大だ。それゆえに、ほかの領主と結びつくと力関係が崩れかねないし、そんなところをマリュスに攻め入られたら、ひとたまりもない。

「お父様が亡くなったあとのことなんて私、考えたくありません。ですが、お父様は大局を見ていらっしゃるのですね」

肉ジャガのことしか考えていない娘とは、えらい違いである。

「まぁな。グラセス二世はいつも先頭に立って戦うから、彼の率いる軍は極めて士気が高く、戦場で苦労したせいか、若いのに浮ついたところがない。しかも戦争を終結させたとたん、プリシラに求婚してくるとは、先見《せんけん》の明《めい》がある」

父が満足げに顎髭を撫で始めた。今こそ要望を伝えるときだ。

プリシラは、できるだけ健気《けなげ》に言おうと、心細そうに眉を下げた。

「とてもいい縁談だと思いますが、お父様と離れるのは寂しゅうございますわ。できるだけ遅くしていただけませんこと？」

この子煩悩な父親と離れたくないのは本音だが、醤油造りのほうも、やっと少量の稲麹が手に入ったばかりだ。

——せめて、あと一年欲しい。

父が悲しげに首を振ってプリシラの手を取ってきた。

「私とてプリシラと離れるなんて本当に辛い。だが、プリシラの幸せを願うと、あまり遅らせないほうがいい。国土を守りきった今が最も政情が安定しているときなのだ」

「……わかりました」

相手が立派な王で、時期的にも今がベストとくれば、もう断る理由はない。ただ、問題はプリシラが立派な王妃になれるかどうかが、かなり怪しいだけだ。

父が握る手に力をこめてきた。

「だが、もし、王がプリシラを大事にしないなら、そんなやつに我が領土を与える気はさらさらない。妻を幸せにできない男が領民を幸せにできるとは思えないからな。いつでも戻ってきなさい」

「お父様……」

プリシラは目を潤ませる。

だが、前世でも今世でも恋を知らないプリシラにとって大事なのは、男より肉ジャガだった。

一方、プリシラの未来の夫、オラーノ王、フェルナンドにとって大事なのは、女より国家だった。

フェルナンドは今、ブエナフエンテ伯城から王城に戻ったところだ。

ブエナフエンテ伯爵は、先の対マリュス戦に多くの騎兵を派遣し、勝利に大いに貢献したので、王自ら城に赴き、領地を分配して報いることを告げてきた。

王城に戻るなり、外務卿が謁見を求めてきたので、フェルナンドは広間に入った。

すると、外務卿が駆け寄ってくる。老人なので、いつもよろよろ歩いているのに、今日はよたよた走っていて、その目は喜びで見開かれていた。

「ランカステル大公が、陛下の求婚をお受けになりました！」

フェルナンドは思わず拳《こぶし》を握って掲げた。

「さすが善政で名高い大公。人を見る目がある。余の平和を求める心に共鳴してくれたのだな」

「ええ。ご覧ください。まさにそのことが書かれてありました」

外務卿が立ったままテーブルに広げた親書にはこうあった。

『私が死したのち、我が娘は陛下に広大な領土をもたらすであろう。それは、オラーノ王国とランカステル公国一帯の平和を願ってのことである。私の宝物であるプリシラは美しく、陛下個人にも幸せをもたらすであろうことも、ここに記しておく』

「で、ランカステル公領は、いつここに来るんだ？」

「いらっしゃるのは公領ではなく、公女でございます」

外務卿が咎《とが》めるように言ってくる。

「発音も意味も似ているから、呼び間違えないようにしないとな。して、いつ、ここに来るんだ？　さすがにその日と翌日ぐらいは王城にいないといけないだろう？」

「あの……陛下、この美しいというのは、親の贔屓《ひいき》目ではなく……使節団によると、公女プリシラ様は、透き通るような肌に大きな青い瞳、そして蜂蜜のような艶《つや》やかな金髪の、とてつもなく美しい女性だったとか。お会いになったら、一週間、いえ一ヶ月、離れられなくなるかもしれませんぞ」

外務卿が見たことのないようないやらしい笑みを浮かべた。目が細まって、目尻に皺《しわ》が奔《はし》る。

フェルナンドは思わず目を逸《そ》らした。

「くだらない。結婚の儀さえ行えば、それで公領……ではなく、公女はもう余のものだ」

戦いが終わったことで、ようやく求婚する余裕ができたものの、フェルナンドには、やらねばならない戦後処理が山積みだった。

第一章　夫の顔がわかりません

父親に言われるがまま、プリシラがオラーノ王国に嫁いできて一年と少し。ようやくこの国の暮らしにも慣れた――。

と言いたいところだが、慣れるどころかプリシラは、これから王城を脱出するつもりだ。

今、枕の下に、王に宛てた信書を隠した。内容はこうだ。

『私との結婚は無効にして、新たな妃を娶《めと》ってください。王妃プリシラ』

プリシラは、いまだに王の顔を見たことがない。忘れられているとしか思えなかった。

あれは、故郷ランカステル公国から二週間の旅程を経て王城《ここ》に着いた翌日のこと。

結婚式のドレスは素敵だった。床に届くほどの長い袖には金糸で草花の紋様が描かれ、胸元には色とりどりの宝石がつき、腰に巻かれた黄金の飾りにもルビーが輝いている。

――こんな豪華な衣裳《いしょう》は初めて。

結婚に希望が持てたのは、ここまでだ。

黄金の冠を侍女が取り出し、プリシラが王妃になるのだと気を引きしめたそのとき、頭に垂れ布をかけられ、視界が遮られる。その上にぐりぐりと押し込むように冠をかぶせられた。

長ったらしい垂れ布を冠で留めているような状態で、せっかくのドレスが隠れてしまう。

――着飾る意味、あった？

ドレスの裾しか見えない状態で侍女に手を引かれ、聖堂に連れていかれる。もう夕方だ。

この国の結婚式は、女性は顔を隠して行われるとは聞いていたが、黄昏時《たそがれどき》にハロウィンのシーツお化けみたいなことになるとは思ってもいなかった。

『国王陛下、公女殿下をお連れいたしました』

侍女がこんなことを言い出した。いつの間にか王が目の前まで来ていたようだ。

『ランカステル公女殿下、ようこそ遠路はるばるオラーノ王国へ。余がオラーノ王グラセス二世、フェルナンドである』

歳に合わない威厳のある声が聞こえてきた。

そういえば父が、オラーノ王について、若いのに浮ついたところがないと言っていたが、老成しすぎではないだろうか。

『国王陛下、貴国に嫁げることを光栄に存じます』

夫の顔もわからないまま、プリシラは腰を落とす辞儀をした。

──おめんみたいに目の穴を開けておけばよかった！

ここからは、手を引くのが侍女から王へと変わる。

大きな手に引かれて身廊を歩くと、前方から高齢の聖職者らしき、しゃがれた声が聞こえてくる。この婚姻の幸せを祈るような内容だった。音の情報しかない儀式が終わると、再び侍女に預けられる。

侍女に連れて行かれるところといえば、もう寝室しかない。

処女喪失のときが近づいているというのに、プリシラには緊張感も怯《おび》えもなかった。垂れ布と冠をさっさと取ってほしいということしか頭にない。

寝室らしきところで、プリシラはドレスを脱がされ、ワンピース状の下着だけになる。それなのに冠と垂れ布はそのままだ。

──これ、かなり間抜けな格好《かっこう》では……。

プリシラがベッドに座ると、侍女が去っていった。自分で冠を外してはいけないきまりなので、重い頭で王を待つしかない。

──前世よりも男尊女卑がひどいわ。

それにしても暗い。侍女がいるときは彼女の手燭《しゅしょく》があったが、ベッドの周りに燭台《しょくだい》がないようだ。

りがたいけど……。

——知らない夫《ひと》に、いきなり裸体をさらすのも恥ずかしいから、ありがたいといえばあ

そんなことを思いながら、寝衣一枚で膝を抱えていると、ノック音がして『余だ。入る』という声とともに、力強い足音がしてベッドの前でぴたっと止まった。

『公女殿下、この寝室の儀式で、あなたは王妃となる』

——まだ儀式が続いているっていうの？

それより、早く垂れ布を取ってほしい。

『少し痛むかもしれないが、通過儀礼だと思って我慢してくれ』

——処女を失うことも含めて儀式なのね。

『はい。覚悟しております』

『覚悟……か』

そう言った刹那《せつな》、ばさりと布が垂れる音がした。

布といっても、プリシラの顔を覆っている布ではない。おそらく今、ふたりが座っているのは天蓋付きのベッドで、ドレープをくっていたロープを引っ張ったのだろう。ベッドの中がいよいよ暗くなった。

——ベッドより、妃の顔の覆いを取るのが先でしょう！

『冠を取るぞ』

『は……はい』

――ついに対面！

冠とともに布が取り払われた。プリシラは思い切って目を開ける。

――顔が……わからない！

目の前には暗闇しかなかった。

――前世を含めて初体験なのに、顔がわからない人とするの？

とはいえ、燭台を持ってこいとは言えない。自分の裸は明るいところで見られたくないというのが乙女心だ。

目が見えないと音に敏感になる。

ぎしっとベッドがきしむ音がした。

彼がベッドに乗り上げたのだ。プリシラは寝衣をつかまれ、頭から外される。

王は夜目が利くのか、寝衣の腰部分をつかむとき、迷いがなかった。実際、全て見えているかのようにプリシラの背に手を回し、仰向《あおむ》けに倒した。

――真っ裸になって、やることといったら……!?

どく、どく、どく、どきん、どきん、どぐん、どぐん――どんどん胸の音が激しくなっていく。王に聞こえているのではないだろうか。

ポンッと蓋を外すような音がした。

──喉でも渇いたのかしら？

だが、彼は何も飲むことなく、すぐにプリシラの片膝に手をかけて脚を開かせ、大きな躰《からだ》を割り込ませてくる。彼はすでに何も身にまとっておらず、がっしりした大腿の上に直《じか》に太ももが乗り上げ、彼の腰を挟むような体勢になった。

──いきなりすぎじゃない⁉

この世界のセックスはあくまで生殖のためであって愛撫《あいぶ》とかそういう概念がないのかもしれない。プリシラが泣きそうになっていると、彼が呪文のような言葉を唱えてくる。

『神よ、この聖なるふくらみに祝福を与えたまえ』

──まだ儀式は続いているのね。

片方の乳房に油のようなものを垂らされた。

と同時に、エキゾチックな甘い香りがふわっと広がる。きっと、これは精油《せいゆ》で、さっきの音はやはり瓶の蓋を外した音だったのだ。

もう片方のふくらみにも垂らされ、プリシラはびくっと顎を上げた。

精油が胸の頂からふもとへと伝っていく感触が、なぜだか愉悦を呼び起こし、プリシラは全身を粟立《あわだ》たせる。

ただでさえこんな状態だというのに、乳暈それぞれの周りに精油を塗りこむよう、ぬるぬると円を描かれた。

——……変な……感じ。

気づいたら、プリシラはシーツをつかんで身をよじっていた。顔も知らない男に何を感じているのだと自身を戒《いまし》める間《ま》もなく、再び声を出してしまう。

『あっ！』

乳房の先端ふたつをぎゅっと摘まれたのだ。敏感になってしまっている尖《とが》りを指でくりくりと捏《こ》ね、精油を揉《も》み込まれる。

そのぬるぬるとした感触と、胸の中央に全身から快感が集まってくるような感覚で頭をいっぱいにしていると、徐々に下腹が疼《うず》き始める。苦しいのに甘い。こんな感覚があるなんてプリシラは知らなかった。

——触られているのは胸なのに……どうして？

そのとき、臀部《でんぶ》の谷間に硬いものが這《は》った。

——もしかして……？

いよいよそのときが来るのか。痛いことは早く済ませたい。

それなのに、王は挿入することなく、儀式を続ける。

『ここに我が王朝を受け継ぐ新たなる星を宿したまえ』

下腹に精油を落とされ、プリシラはびくんと全身を反応させた。

ただでさえ、さっきから腹の奥がむずむずしているというのに、下腹をぬるりと撫で、ゆっくりと精油を広げられてはたまらない。しかも、彼の片方の手は今も、その指で尖った乳首を弾《はじ》くように捏ねていた。

プリシラは腰をびくびくとさせてしまう。

『あぁ、もう……や……』

やめてと言おうとしてすぐに手で口を覆った。

これは儀式だ。受け入れなくてはいけない。

彼の手が下腹から淡い茂みの中へとすべり込んでいく。そのとき、何か芯のようなものに指が引っかかって小さな快楽が生まれたが、すぐに指は谷間へと落ちていった。

『我が熱き血潮を受け入れる時が来た』

その言葉が終わるか終わらないかというちに、秘所に精油が注がれた。精油が垂れていく感触に快楽が生まれる。しかも、その滴《したた》りを追うように彼の指先が恥丘を越えて沼へと沈んでいく。中をかき回し、ぐちゅぐちゅと音が立つ。

『もう準備ができているようだな』

王が、プリシラの中に侵入させた長い指で蜜壁をこすってくる。

『あ……ぁあ……だ、め……！』

プリシラは目をぎゅっと閉じ、弦を張った弓のように全身を反らせてシーツを握りしめる。何かにつかまっていないと、自身が矢のように飛んでいってしまいそうだ。

『これから、我らはひとつになる』

宣誓するような威厳のある声が降ってくると同時に、座したままの彼が少し腰を退《ひ》き、プリシラの太ももを持ち上げる。その瞬間、蜜の入口が弾力あるもので塞がれた。

プリシラが緊張で固くなったところで、ぐっと浅瀬まで押し入られる。

──何、これ……生々しい……。

そんなことを思っていられるうちはまだ余裕があった。腰を引き寄せられ、漲《みなぎ》りで隘路《あいろ》をこじ開けられると、痛みが奔《はし》る。

『いっ……痛っ……こんなに痛いなんて』

そう口にしてからプリシラは、閨《ねや》では静かにしているよう母に言われたことを思い出し、下唇を噛《か》んで耐えた。

『このまま式次第を進めても大丈夫か?』

こんな状況で式次第という言葉が出るなんて、つくづく義務的な感じがする。

『は……はい』

『難しいだろうが……力を抜きなさい』

『……はい』

今の時点で痛いのだから、力なんか抜けそうにない。

すると、胸が彼の手で覆われる。乳首が指に挟まれると、さっき与えられた快感がたち

まち蘇《よみがえ》った。指に挟んだまま、乳房を揺さぶられると、躰から力が抜けていく。

そのとき、ゆっくりと剛直を根元まで押し込まれる。

『あっ……』

奥まで塞がれたと思うと、半ばまで退《ひ》かれ、再び深いところまで。抜き差しをゆっくりと繰り返されているうちに、痛みの中に、違う感覚が湧き上がってきた。

——どうして……気持ちいいの……。

ここは川の中か、海の中か。心地よい波に揺られているような感覚に身を任せていると、お腹《なか》の奥で何かが決壊する。

『くっ……』

王が呻《うめ》いたが、プリシラの頭は霞《かすみ》がかかったようになっていて、耳から入ってくることはなかった。

プリシラが微睡《まどろ》んでいると、優しく抱え上げられる。

それにしても、プリシラは顔もわからない人として、気持ちいいと思ってしまった。

——いえいえ、顔が見えない以上、これはマッサージみたいなものだから……。

これで、王の顔が自分好みで、性格もよくて、愛を育んでいければ、結果オーライだ。

そんなことを思いながら、彼の胸板に頰《ほお》を預けたところで、シーツをガッと引き抜かれる。

『ゆっくり休んでいるがいい』

そう告げると、そのシーツを持って、王がベッドから出ていってしまう。

そういえば、オラーノ王国の結婚の儀は、妻の血のついたシーツを聖職者に渡して初めて儀式完了になると聞かされていた。

そのとき、扉が閉まる音がする。こんなに暗いのに、まるで全て見えているように、彼の行動は素早かった。

プリシラは初夜の褥《しとね》にひとり残され、急に寂しくなってしまう。

――血のついたシーツが目当てって、わかっていたはずなのに。

いや、王が真に欲しているのは、そんなものではない。シーツを聖職者に提出することで約束されるのは、将来のランカステル公領だ。

急に気持ちが萎《しお》れていく。

――疲れたから、もう寝ようっと。

シーツはご丁寧に二重になっていて、一枚引きはがされたというのに、もう一枚がぴっちりと敷かれている。プリシラは上掛けをかぶって目を瞑《つぶ》る。

朝起きたら、ベッドには誰もいなかった。

――さっさと寝てよかったわ。

戻ってこない夫を待って徹夜する初夜なんて最悪だ。

さすがに朝食の席には顔を出すだろう。

　プリシラはドレスに着替えて朝食の間《ま》へと出る。とうとう本当の意味での対面と思ってドキドキしていたのだが、席がふたつあるのに、銀製のカトラリーはひとり分しかない。とりあえず、そこに腰を下ろす。

『あの……陛下は？』

　プリシラが、背後に控える侍従に聞いたところ、侍従が彼女の席の横まで出てきて、恭《うやうや》しく腰を落とす辞儀をした。

『国王陛下におかれましては、国境で小競り合いが起こったとのことで、準備調《ととの》い次第、ご出立なさり、しばらくお戻りになられないとのことでした』

『小競り合いですって？』

　結婚するなら平和になった今と聞いていたのに、話が違う。

『局地的なことなので、国王陛下が赴かれたら、すぐに鎮圧されるかと思われます』

　本当にそうなら、軍司令官にでも任せておけばいい。

　——新婚なのよ？

　それなのに、まだ顔も見ていない。

　蹄《ひづめ》の音が聞こえてきて、プリシラは立ち上がって窓辺に駆け寄る。窓外に目を遣《や》ると、中庭は騎兵でいっぱいになっていた。

　プリシラは、くるっと執事のほうを向いて『お見送りに参ります』と告げ、階段を下りていく。

エントランスホールから外に出ると、馬に乗った騎士たちが駆け出したあとだった。砂埃《すなぼこり》の中、騎兵の集団がどんどん小さくなっていく。

王は新婚の妻を置いて、戦いに出てしまったのだ。

――まだ醤油の蔵を頼んでないのにー！

信じられないことに、その後、王が王城に定住することはなかった。

何度か王城に立ち寄ることがあったが、大抵、その日中《ひじゅう》に出ていったので、妻と褥《しとね》をともにすることもない。

それどころか、一度もプリシラの顔を見に来ることがなかった。

――外《と》つ国《くに》からひとり嫁いだ王妃を、一年以上ほったらかしにするなんて！

だが、いい。もう、いい。もう一生、王を見ることもない。

プリシラは侍女カルメラの服を身に着け、茶髪のかつらで金髪を隠し、王妃の居室を抜け出して今、騎士団長クレメンテの部屋で待機しているところだ。

姿見に目を遣ると、それでも隠しきれない美貌があった。

青い瞳は、自分でも吸い込まれるのではないかと思うほど大きく澄んでいる。さらには、どうしてちゃんと息を吸えているのか不思議になるくらい、鼻翼《びよく》が狭く、唇は小さいのに少しふっくらして官能的だ。

地味な日本人顔だった前世の記憶を取り戻してから、プリシラはより一層、美しさを自覚するようになった。

嫁ぐ前は、このくらい美しければ、王にだって愛されるのではないだろうか。そうしたら、醤油を醸造する蔵と水田をねだればいいと思っていたが、まさか顔を見てもらうことさえできないとは――人生は先が読めないものだ。

先を読めていないのはオラーノ王も同じだ。憐《あわ》れな王は、美貌の王妃も、王妃が相続する予定のランカステル公領も失うことになる。

――それから後悔したって遅いんだから！

そのとき控えめなノック音が響き、プリシラ付きの騎士団長、クレメンテが入ってきた。兜を脱いだだけで、甲冑《かっちゅう》を身に着けている。

「門番が新入りふたりと変わったので、今がチャンスです」

クレメンテが真剣な眼差《まなざ》しを向けてきたので、プリシラは一瞬、どきっとしてしまう。

というのも、クレメンテは、プリシラが前世でファンだったイギリス人俳優にそっくりなのだ。金髪に青い瞳、鼻筋通って、体型もすらりとしている。

――クレメンテには本当に頭が上がらないわ。

これから向かう『伯爵夫人の農村』は、クレメンテの父親のブエナフエンテ伯爵の領地にあり、プリシラがここで暮らせるよう、彼が便宜《べんぎ》を図《はか》ってくれたのだ。

一年前、嫁ぐために、故郷からオラーノ王都へと向かう道中、プリシラはこの小さな農村を見たことがある。

木の柵で囲まれた空間には畑が広がり、水車の脇に小川が流れ、その中央に二階建ての、そんなに大きくはないが城のように立派な石造りの邸《やしき》があった。邸の屋根は赤くて可愛らしく、こんな素敵なところで暮らせたらとうらやんだものだ。

当時、プリシラは一生、王妃として生きていく心積もりだったので、まさかここに住まうことになるとは想像すらしていなかった。

プリシラが人生の不思議に思いを馳《は》せていると、クレメンテが羊皮紙を差し出してくる。

「こちらに王妃陛下としてサインしていただければ、買い物許可証が完成となります」

プリシラが紙を受け取ると、クレメンテが手で近くの文机《ふづくえ》を指ししめす。そこにはペンもインクもあった。

プリシラは文机に着き、買い物許可証にサインをする。王妃のサインがあれば、使用人は外出できる。それなのに、王妃自身は外出できないなんて理不尽にもほどがある。

「サインしたわ」と、プリシラは立ち上がり、木のかごを腕にかけ、その中に許可証を入れる。

「ついに王城脱出ですね」

「クレメンテのおかげよ。いずれ、クレメンテも『伯爵夫人の農村』に合流してくれるんでしょう？」

「もちろんです。それまではせいぜい、王妃陛下を必死で捜すふりをしております」

クレメンテが冗談めかして言ってくれたので、プリシラは微笑で返す。

扉のほうに向かうと、扉の前までクレメンテがついてきてくれた。

「騎士団長が侍女のおともをすると不審がられるので、私はここまでですが、城門から先はロドリゴが見守りますので」

「何から何まで、本当にありがとう。今度会うときは王妃ではなく、プリシラと呼んでね」

「ええ。では、またお会いしましょう」

プリシラは城門へと向かい、門番にカルメラと名乗って買い物許可証を見せる。

「王妃陛下が臥《ふ》せってらっしゃるので薬草を買いに行ってきます」

そう告げたら、難なく出られた。プリシラは、ほっと安堵《あんど》の息を吐く。

ほかの侍女たちには、王妃が流行《はや》り病にかかったので居室に近づかないよう申し伝えている。こうして出奔《しゅっぽん》が発覚するまでの時間を稼ぐつもりだ。

プリシラが市場への道を歩いていると、少し離れたところで歩く侍従のロドリゴに目配せされる。ロドリゴと距離を置いたまま速度を合わせて歩き、プリシラは彼とともに無事、隠れ家に入ることができた。先に待機していたカルメラが迎えてくれる。

「王妃陛下、よくぞここまでいらっしゃいました」

軽く辞儀をするカルメラの横でロドリゴが目を輝かせていた。

「もう一度『伯爵夫人の農村』で暮らせるなんて夢のようです」

あの農村はロドリゴの子どものようなものだ。前《さき》の伯爵夫人のために、彼がいちから造りあげた。

ロドリゴの笑顔を見てプリシラは泣きそうになる。

――やっぱり、王城を出る決意をしてよかった。

オラーノ王に嫁いでからというもの、ふたりには苦労をかけた。それもこれも、王がいなかったせいなのだ。


王が王城を留守にしている間、プリシラが何をしていたかというと、醤油造りだ。

麹はランカステル公城で作り、風通しのいい荷馬車で運んできていた。ここで、木桶《きおけ》に入れ、塩と水を加える。この木桶はクレメンテと騎士たちが総出で作ってくれたものだ。

木桶を地下の貯蔵庫に置き、八カ月ほど発酵させたらできあがりとなる。

醤油の仕込みが終わると、プリシラは庭の一角を借りて、ロドリゴと騎士たちに土地を耕してもらい、ジャガイモやトマトなど、市場で売っていない野菜を植えた。

畑は人を裏切らない。手をかけてやれば、実をつける。

プリシラは毎日、畑を見にいくのを楽しみにしていた。

ある日、プリシラが畑に行くと、ロドリゴだけでなく、騎士団長のクレメンテまで屈《かが》んで雑草を取ってくれていた。

──貴族生まれの騎士が草むしりをしてるなんて！

ありがたいやら、申し訳ないやらである。

『クレメンテ、あなたは私を護衛するために騎士団長に選ばれたのに……本来の仕事とは違うことをやらせてしまって心苦しく思っているわ』

『やりたくてやっているんです。足腰が鍛えられますし。騎士たちの剣技指導は怠っておりませんので、ご安心ください』

プリシラを見上げるクレメンテの青い瞳は陽《ひ》を受けてきらめいていた。

──心も顔も美しすぎる……！

正直、拝みたくなるレベルだ。

『ありがとう。クレメンテといい、ロドリゴといい、私は本当に恵まれているわ』

すると、ロドリゴが膝を折った体勢のまま顔を振りあおぎ、屈託のない笑みを浮かべる。

『いえいえ。こちらこそ恵まれていますよ。この間、食べさせてくださった、「ごろごろ野菜と肉のトマトスープ」、最高においしかったです。ジャガイモはほくほくしているし、トマトは少し酸味があって、肉と合いますね』

『ロドリゴ、ずるいぞ。王妃陛下の手料理を食べたのか？』

クレメンテが中腰で、ロドリゴを横目で見る。

『トマトを収穫したのは私ですから』

得意げにロドリゴが言うと、クレメンテが胸を張った。

『なら、今日は私がトマトを採るので、王妃陛下、そのごろごろスープとやらを私にも食べさせてくださいますね？』

『もちろんよ。食べたいと言ってもらって作るのは至上の喜びだもの』

――慕ってくれる仲間たちがいるんだから、私、それだけで幸せだわ。

そのとき、貫禄《かんろく》のある美女が数名の侍女と侍従を従えてやって来た。

『あら、初めまして。私はセレスティナと申します』

王弟ペドロの母親の名だ。王の実母ではないので、挨拶する機会がなかった。

『ご挨拶が遅れました。私はランカステル公国から参りましたプリシラと申します』

プリシラは丁寧に腰を落とし、手を左右に広げる最も格式の高いお辞儀をした。

『王妃ともあろうお方が、畑仕事がお好きだとか』

言葉に棘《とげ》がある。プリシラはどう返したらいいものかと惑い、畑に視線を落とすと、ちょうどジャガイモが花を咲かせていた。

『そうなんですの。ご覧あそばせ。こちらの薄紫の花、とっても可憐《かれん》でしょう?』

プリシラは笑みを張りつかせた顔をセレスティナのほうに向けたまま屈み、ぶちっと茎をちぎる。立ち上がって差し出すと、セレスティナが途惑《とまど》いながらも受け取った。

ジャガイモの花は結実せず、地下の実で繁殖するので、摘み取っても問題ないのだ。

――一軒落着!

プリシラが胸を撫でおろしたところで、セレスティナが畑全体を見渡し、ある一点で、視線を止めた。

『あ……あれは……?』

いぶかしむように尋ねられたので、何かと思って視線の先に目を向けると、そこにはトマトが生《な》っていた。

『あれは……血でも詰まっているのですか?』

セレスティナの言葉を聞き、彼女の取り巻きが一様に怯えた表情になった。

プリシラは、トマトをひとつもいでセレスティナのほうに差し出す。

『トマトという植物です。私の父が冒険家に投資しておりまして、これはチヌークという海の果ての国から持ち帰ったものですのよ。現地では人気がある食べものだとか』

『そ……そう……まるで血のようなな色をしているのに……食べるの……ですね』

『もしよろしかったら、調理したものをお届けしましょうか？　赤い液状になって血みどろって感じになるんですけど、酸味があって、おいしゅうございますのよ』

プリシラは敢《あ》えていい笑顔を作った。

『い、いえ。結構です。さあ、散歩を続けましょう』

セレスティナがそう声をかけると、助かったとばかりに皆、遠ざかっていく。

そのとき、彼女がジャガイモの花を捨てた。地面にはらりと落ちた薄紫の花を、侍女や侍従が踏んづけていく。

――ジャガイモの花なんて役立たないから捨てるつもりだったけど……。

それなのに、なぜだがプリシラは自分が踏みにじられたような気がした。

そのとき、ロドリゴが笑い出す。

『食わず嫌いというのは損ですね。見かけだけで判断して、こんなにおいしいものを食べる機会をなくしているんですから』

クレメンテが不服そうにこう言う。

『ロドリゴ、またしても、自分だけご相伴《しょうばん》に預かったことを自慢しているだろう！』

『まだ、召し上がったことがないんですかぁ？』

ロドリゴがクレメンテをからかった。

そんなやり取りを見て、プリシラは、じーんと胸が熱くなる。

さっきのセレスティナの態度に、ふたりとも思うところがあるだろうに、こうやってちゃかし、笑いに持っていってくれているのだ。

この城で孤独を感じずにいられるのは、明らかにこのふたりのおかげだった。

プリシラは握りしめたままの、トマトを掲げる。

『今日はトマトが主役よ！　トマトスープとピザにしましょう！』

その晩、スープとマルゲリータを作ったら、ふたりとも喜んでくれた。


こんなふうにプリシラは、公国からともに来てくれた人たちに支えられ、王と顔を合わせることもなく、二回目の冬を迎えていた。

そんなある日、プリシラが王妃の居室で読書をしていると、扉の開閉音とともに、泣き声が聞こえてきた。

驚いてプリシラが隣の部屋へ行くと、扉の前で侍女カルメラが泣いているではないか。

しかも、彼女はプリシラに気づくと、慌てて涙を拭った。プリシラがここにいないと思っていたようだ。

『カルメラ、どうしたの？　何かあったの？』

プリシラが駆け寄ると、『何も……』と、カルメラが顔を横に振る。

『ごまかさないで。何があったのか教えてちょうだい』

何度かそんなやり取りを繰り返したのち、カルメラがようやく重い口を開けた。

『……実は最近、厨房《ちゅうぼう》に行くと、王妃陛下の悪口みたいなことを言われるんです』

晴天の霹靂《へきれき》だった。

『ど……どんな悪口なの？』

『えっと……それは……』

カルメラが言いにくそうにうつむいた。二十代のカルメラは、母国ではいつもあっけらかんと明るい女性だったので、その暗い表情自体に、プリシラはショックを受ける。

彼女の肩に手を添えた。

『こういったことをなくすために、まずは私が知らないことには何も変わらないわ』

プリシラはカルメラに、椅子に座るよううながし、自身も隣に座った。

『あ……あの……ご気分を害さないでくださいね。ここのところ、厨房に行くたびに「魔女の侍女だ」とか、「毒を混ぜないでくれよ」とか、「国王陛下がご不在なのは、王妃陛下を怖《おそ》れてのことなんじゃないのかい」とまで言われて……私、口惜《くや》しくって……！』

言い切ると、カルメラの瞳から涙があふれ、ハンカチーフで目を覆った。

――弱い立場のカルメラに言うって時点で、もういじめじゃないの！

『ありがとう。とても参考になったわ。これから対処法を考えるから安心して』

そう言ってカルメラを励ましたあと、プリシラはまず、クレメンテの部屋を訪ねた。彼は貴族だし、王都に近い伯爵領で生まれ育ったから、この国の人たちの考えがよくわかっているはずだ。

ノックして『プリシラです』と告げると、すぐに扉が開いた。

『王妃陛下、おひとりでいかがなさったのです？』

クレメンテが驚いた様子で目を瞬かせた。侍女がおらず、プリシラひとりだったからだろう。だが、内容が内容なので、侍女を連れてくるわけにいかなかった。

『ご相談したいことがあるの』

『むさ苦しいところですが、よろしかったら、どうぞ』

通された部屋は甲冑が飾ってあり、壁に剣がかけてある、騎士らしい部屋だった。

『全然むさ苦しくなんかないわ。騎士らしくて素敵よ？』

そう言って振り向いたとき、クレメンテの頬が赤くなった気がした。

――いけない、いけない。

今、自分は美人だから、友だちみたいに接しただけで、変な科学反応が起こってしまう。気をつけないといけない。

『実は……私が変わった植物を育てたり、貯蔵庫に置いた樽《たる》をときどきかき混ぜたりしているものだから、魔女扱いされているようで、侍女がいじめられているの』

クレメンテは全く意外そうにしなかった。

『クレメンテも、こんなことを言われているのね？』

『ええ。王妃陛下が魔女だという噂《うわさ》が立っています。毒のあるジャガイモを育て、貯蔵庫では怪しい液体を作っていると』

客観的な視点で語られ、プリシラはようやく気づく。

——私、ものすごい不審人物だわ。

『もしかして、それで王は城に寄りつかないのかしら』

『国王陛下は、王妃陛下が畑を作られる前から、顔をお見せになりませんでしたよね？それもあって、お世継ぎのことが心配されています』

『子どもなんて一回じゃ無理に決まってるでしょう？』

うっかりそう言って、すぐに口を噤《つぐ》む。王との性生活をほかの男性に明かすなんて、はしたないにもほどがある。

『え？　一回なんですか？』

『あ、いえ、お恥ずかしい。忘れてください』

『いえ、うれしかったです』

——まずい！

『本当に忘れてください。ただ、どうしたら今の状況を変えることができるのかと』

『畑を普通の花畑に戻したり、あの樽を処分したりしたら、もしかしたら多少は収まるかもしれませんが、それだと風評に負けたようで……口惜しくないですか？』

『そんなの口惜しいわ』

『でしょう？　処分したって陰口が収まるかどうかもわかりませんし……気にしないのが一番ですよ』

『それはそうだけど……』

だが、それでは、侍女がいじめられている今の状況を変えることができない。

それで、プリシラは王弟ペドロの居室を訪ねた。

さすがに王弟ともなると挨拶を交わしたことがある。彼は金髪の交じったブラウンヘアがふわふわしていて、瞳は空のような爽快な青色で、物腰も優雅だった。

――優しそうな感じだったから、力になってくれるかも……。

そう期待して居室を訪れると、応接用の部屋に案内される。椅子に座って、ペドロと向き合ったところで、彼が優しげに瞳を細めた。

『ちょうど今、お伺いしようと思っていたのですよ』

――もしかして、この状況を変えようとしてくれていたの？

その期待は一瞬で打ち砕かれた。

ペドロが意地悪そうに口の端を上げ、こんなことを言ってきたのだ。

『王妃陛下には異端審問が必要だと思いましてね』

『え？　異端？　私が何をしたって言うんです？』

『では、地下の貯蔵庫にある液体はなんなのですか？』

『私は……ただ、新しいソースを開発しようとしているだけです』

『そういった言い訳は、聖堂で司祭様におっしゃっていただけますでしょうか』

——もしかして魔女裁判にかけられた挙句に火あぶりコース⁉

そもそも、なぜ王弟に断罪されないといけないのか。

『あの、国王陛下は？』

『あちこちの領主のところを点々としていらして、いつ王城にお戻りになるのか見当もつきません』

そう言ったときのペドロの眼差しは非難めいていた。プリシラが愛されていないせいだと言わんばかりだ。

プリシラは何も言い返せなくなる。

——何がいけなかったのかしら。

処女だったし、少し痛いと言ってしまったけれど、行為そのものは拒否しなかった。

そんなことを考えながら、ペドロのあとについて回廊へ出ると、護衛のために扉の外に立っていたクレメンテが問うてきた。

『王妃陛下、どちらに行かれるのです？』

プリシラが答えようとしたのに、ペドロが先に答える。

『王妃陛下におかれましては、貯蔵庫でおやりになっていることについて、聖堂にて申し開きをしていただくことになったのです』

ペドロの口調は堂々たるものだったのに、クレメンテは意に介さなかった。

『国王陛下は、ここのところずっとご不在なのですから、陛下からの書簡がなければ王妃陛下をどうこうできないはずです。お見せいただけますか』

クレメンテが手を差し出すと、ペドロの顔に狼狽《ろうばい》の色が奔《はし》る。

『今はないが、今度、用意してくる』

ペドロが、ばつの悪そうな顔になり、『ではまた今度』と、踵《きびす》を返した。

プリシラはクレメンテに支えられ、ふらふらになって自身の居室に戻る。窓際のテーブルに着いた。

『これから、なるべくおひとりの行動は避けたほうがよろしいかと思われます』

クレメンテの助言に深くうなずいたあと、プリシラは窓外を見やる。いよいよ気が滅入《めい》りそうな曇天だ。

地上では、ジャガイモを収穫しているロドリゴが、ペドロ配下の騎士にジャガイモを取り上げられていた。それを取り返そうとしたロドリゴは蹴られ、地面に転がる。騎士たちは、ロドリゴの上に、投げるようにジャガイモを落とした。

騎士たちが去ると、ロドリゴは力なく立ち上がり、土まみれになったズボンを手ではたくと、散らばったジャガイモを拾ってかごに入れていく。

――この当たり前のような対応……今日が初めてではないわ。

プリシラは、あまりの怒りにテーブルに置いた手をわななかせる。

異変を察知したのか、クレメンテが声をかけてきた。

『王妃陛下、どうかなさいましたか？』

『どうもこうも……私は……自分のやりたいことばかり考えて周りが見えなくなっていて……本当に愚かだったわ』

皆の苦労も知らずに、仲間に恵まれているなどと浮かれていた自分が呪わしい。

そのときノック音がして、ロドリゴが入ってきた。プリシラの着くテーブルまで来ると、かごを傾けて中のジャガイモを見せてくる。

『もうジャガイモがこんなに大きくなりましたよ』

ロドリゴは何ごともなかったように笑っていた。

その瞬間、プリシラの瞳から涙があふれ出し、テーブルに突っ伏す。

『王妃陛下、いかがなさいました？』

ロドリゴの心配げな声が頭上から降ってくる。

妻が、こんな窮地に追い込まれているというのに、夫がどこにいるのかもわからない。

そのとき、父親の言葉を思い出した。

王がプリシラを大事にしてくれないようだったら、戻ってきていい——確かに父はそう言った。

急に希望の光が見えた気がして、プリシラは顔を上げる。

『ロドリゴ、無理しなくていいのよ。私の食欲のために……同行してくれた皆にまで苦労をかけて……私、実家に戻ろうと思うの』

『ええ⁉』

ロドリゴだけでなく、クレメンテも驚きの声を上げた。

『王は私と結婚して後悔しているのよ。だって会おうともしないんだもの』

『そ、それはきっと……お忙しいだけで……』

ロドリゴが目を泳がせながら、つぶやくように言った。

『それでしたら、私の実家はいかがです？』

クレメンテがあっけらかんと、そう提案してくる。

『実家って……ブエナフエンテ伯爵のお城のこと？』

『正確に言うと、城の隣にある「伯爵夫人の農村」です。ロドリゴが造りあげた美しい農村ですよ。ショウユという調味料を作るのにコウジがいるのでしょう？　ランカステル公城で採ったコウジは全て使い切ったから、新たに水田を作る必要がありますよね？』

ロドリゴが目を輝かせた。

『私も大賛成です。「伯爵夫人の農村」は美しい小集落だったのに、今や荒れ果てて……。あの楽園を復活させたいです』

ロドリゴがうれしそうなのは何よりだが、クレメンテは無理をしているのではないだろうか。プリシラはそこが心配になる。

『でも、私をかくまったりしたら、クレメンテのお父様に迷惑をかけてしまうでしょう？』

『ようは国王陛下や王弟殿下にばれなければいいのです。私は、ほとぼりが冷めるまでは実家に戻らず、王城に留まって王妃陛下をお捜しするふりをしますから』

『本当に、甘えていいものなの……？』

プリシラの瞳から再び涙がこぼれる。

『もちろんです』

クレメンテが即答してくれた。

なんといい臣下に恵まれたことか。

——いいえ、もう臣下ではないわ。

『ありがとう。私、こんなに素敵な仲間がいて、本当に幸せだわ』

『仲間だなんて……！』と、ロドリゴが感激した面持ちになった。

『気になさらないでください。私たちは、王妃陛下がおっしゃる幻の料理、ニクジャガを食べてみたいだけですから』

元気づけようとしてくれているのか、クレメンテが頼りがいのある笑みを浮かべている。

『あら、いやだわ。そこまで期待値が上がると、あとでがっかりされそう。ただ単に私が食べたいだけだもの』

三人顔を見合わせて、笑った。

それからというもの、ロドリゴがちょくちょく『伯爵夫人の農村』に行っては、邸をきれいにしたり、畑を耕したり、田を起こしたり、と、プリシラたちが快適に過ごせるよう、準備してくれた。


そして二ヶ月後の今日、ついに決行の日が来たというわけだ。

地下の貯蔵庫に置いた樽の中では、空豆、小麦、食塩水、麹を混ぜた諸味《もろみ》が十分発酵していて、醤油にするには、あとは圧搾《あっさく》して火入れ殺菌するだけだ。

だが、そんな作業を王城でやった日には、プリシラ自身が火入れされそうである。

そんなわけで、樽を処分するという名目《めいもく》のもと、ロドリゴとクレメンテが貯蔵庫から取り出し、この隠れ家まで運び込んでくれていた。

『伯爵夫人の農村』に向かう荷馬車にはすでに樽が積んであり、その樽をのせた荷車に、プリシラはカルメラとともに乗り込む。

「出発！」

御者となったロドリゴの声が聞こえてくると同時に荷馬車が動き出す。窓のない荷車の板と板の隙間からプリシラが外を眺めると、木々に花が咲いていた。

季節はもう春――。

第二章　騎士王、落ちる！

　そのころ、オラーノ王グラセス二世こと、フェルナンドはテジェリア伯領にいた。

　伯爵から歓待を受け、今、城の客間に入ったところだ。今日から半月ほど、ここに泊まることになっている。

　フェルナンドが領主の城を巡っているのは、戦争で疲弊した国内を視察する意味もあるが、一番の目的は『臣従《しんじゅう》の儀』を行うことだ。

　フェルナンドは戦功に報いて領土を与え、領主は王の前でかしずき、その手に接吻《せっぷん》を落とすことで忠誠を誓う。

　この『臣従の儀』によって、領土はもともと王より与えられたものであり、その代わりに今後も軍務を提供する義務があることを知らしめるのだ。

　外国の兵を撃退している間は結束が固いが、平和になれば、今度は離反するような輩《やから》が出てくるので、これは大切な儀式である。

　戦争によって畑が荒らされ、ただでさえ麦の収穫量が落ちているというのに、ここで内戦が起きては、民は今年の冬を越えられなくなってしまう。

とはいえ、城を離れることは危険をともなっていた。王城には異母弟ペドロがいて、オラーノ王の座を虎視《こし》眈々《たんたん》と狙っているのだ。

ペドロ一派を牽制《けんせい》するために、フェルナンドは、たまに王城に戻らざるをえないが、時間が惜しいので、すぐに次の領主の城へ出かけるようにしている。

そのとき、扉を敲《たた》く音とともに、王直属の騎士団長、ラウルの声が聞こえてくる。

「国王陛下、大変です。王城から早馬が着きました」

――ペドロが動いたか！

侍従によって扉が開かれると、ラウルがまっすぐにフェルナンドのほうに駆けつけ、二通の書簡を差し出してきた。

フェルナンドは重厚な肘掛け椅子に座ったまま、丸まった書簡の紐《ひも》をほどく。

一通は侍従長からで、王妃が書き置きを残して、公女付きの侍女と侍従それぞれひとりずつを連れて城を出たことが書いてある。流行り病にかかったので居室に近づかないようにと、王妃から指示が出ていたため、発覚が遅れたとのことだった。

もう一通は王妃自身が書いたもので『私との結婚は無効にして、新たな妃を娶ってください』とあった。その日付は一週間前のものだ。

フェルナンドは、忘れかけていた妃のことを久しぶりに思い出した。

「まずい。将来のランカステル公領がなくなった」

「ですから、私、何度も申し上げましたでしょう？　少し顔をお見せするだけでもいいから訪ねになったら……って。女性は、自分を気にかけてくれる男性が好きなものですよ」

ラウルはフェルナンドと乳兄弟の間柄で、耳の痛いことを進言できる唯一無二の存在だ。

「女のそういうところが面倒くさくていやなんだ」

自分が好きなものを好き、それでいいではないか。なぜ、相手が自分を気にかけるか、かけないかが好き嫌いの基準になるのだ。自分がないにもほどがある。

「男だって自分を気にかけてくれる女性は意識しますよ。陛下は君主で、しかも外見がよくていらっしゃるから、そういう気持ちは、おわかりになっていただけないかもしれませんが……」

「うむ。正直、わからん」

自分の地位や外見目当ての女にちやほやされても、げんなりするだけだ。

「ですが、ほら、公女ご一行が到着されたとき、陛下は兜をかぶって騎士として参列なさって、王妃陛下をご覧になったでしょう？　とても美しいお方だったではありませんか」

「美しかったような気がする。そういえば……妃とは明るいところで会ったことがないな」

「どういうことです？　初夜の証を司祭様に渡されていたから、夫婦の契《ちぎ》りはなされたわけでしょう？」

「ああ。した。儀式だからな。だが、仕方ないだろう？　司祭にシーツを渡して寝室に戻ったら寝てるし、朝になってもぐーすか眠っているんだから」

――寝顔は可愛かった……ような気がする。

さすがに、初夜のあくる朝、顔を合わせることもなく出立してしまったのは悪かったと思い、国境の小競り合いが解決して戻った夜、訪ねようと思ったが、もう眠りについたとの報告を聞いて、訪ねること自体をやめた。

――それにしてもよく眠る女だ。

もしかしたら、フェルナンドに会いたくなくて寝たふりをしていたのかもしれない。

実際、初夜で彼女は悲痛な声を上げていた。

『いっ……痛っ……こんなに痛いなんて』

思い出してフェルナンドは双眸《そうぼう》を細めた。

儀式用の精油には催淫《さいいん》作用があったはずだ。それに、フェルナンドはできるだけゆっくり優しくしたつもりだった。だが、自分のような無骨で大きな体躯《たいく》で、あんな華奢《きゃしゃ》な躰を暴く以上、そんなことは無駄な努力だったのかもしれない。

痛い思いをさせてしまった。よくぞ壊さずに済んだものだ。

――それなのに俺は、ものすごく気持ちいいと思ってしまった……。

あんな快楽を知ったら中毒になって、戦に出るどころか、こんな城巡りなどもできなくなってしまう。

女にはまって国を傾けた王を歴史書で読んで鼻で笑っていた自分が、そんな愚かな王になりかねない事態に恐怖を感じて、できるだけ会わないようにしている。

妃のことを思い出してフェルナンドが気持ちを暗くしていると、ラウルがこんなことを言ってきた。

「ですが、昼はさすがにお眠りになっていないでしょう？　日中にお会いに行かれたら、よろしかったではありませんか」

「俺にそんな時間があったと思うか？」

「いえ……ありません」

「だろう？」

戦争が終わったばかりで、領地分配に補償にと、検討事項が山積みなうえに、国境で小競り合いが起きたのだ。

「このご結婚を決断された陛下が一番おわかりになっているかと思いますが、ランカステルの女相続人がどこぞの領主と結婚したら、のちのち内戦の火種になりかねません」

「ランカステル大公が、ここら一帯の平和を願って、この俺に、長女と領地を託そうとしてくれたというのに……」

　――領主たちのことばかり考えて、俺は自分の足元を固めていなかった……。

「今から捜しに行く」

「国王陛下自らですか？」

　ラウルが非難めいた目つきを向けてくる。

「そうだ。女は気にかけてくれる男が好きなんだろう？　ならば、俺が捜さねばなるまい」

「男女関係的には正しい行いですが……国を治める王としてはいかがでしょう？」

「今は王として、ランカステル公領を……じゃなくて公女を探すことが先決だ。そうだ、おまえの兜を貸してくれよ。王が急ぎ馬を走らせているとなると、何ごとかと思われるからな」

　王の兜は耳の部分が翼になっていて、ひと目でわかる特徴があった。

　ラウルが小脇に抱えていた兜を差し出してくる。

「しばらく借りる」

　フェルナンドは受け取ると、傍《かたわ》らのテーブルに置き、近くの侍従に目配せする。自身の躰を指差すことで、甲冑に着替えさせるよう命じた。

　侍従たちが甲冑を取りに部屋から出たところで、フェルナンドは身を乗り出し、小声でラウルに耳打ちする。

「妃がいなくなったのに一週間も気づかないなど、不自然ではないか？　ペドロが俺を陥れる計画を立てるために時間を要しただけかもしれない。妃が城出したふうを装って実のところ監禁している可能性だってある。俺は捜しに出るふりをして王城に戻るつもりだ」

「確かに……」

「もし、俺がいなくなったら、ペドロを疑え」

「何をおっしゃっているんです？　少しでも危険を感じてらっしゃるのなら、私としてはお引き止めしないわけにはいきません」

「いや。敢えて罠《わな》にかかって、ペドロの反逆を白日のもとにさらす。あいつにいつ後ろから刺されるかわからないような状態で過ごすのは、もう我慢ならない。おまえの騎士団の精鋭を百騎ほど借りていくが、おまえはここに留まってくれ。援軍が必要になったら、鷹《たか》を飛ばすから」

フェルナンドはコンラドとコンチャという番《つがい》の鷹を飼っている。餌付けしている者の間を飛ぶ習性を利用して、ラウルとの通信に使っていた。

「確かに、陛下が行かれるなら、私はここに留まったほうがいいと思います。ですが、身の安全を一番に考えられるほうが、賢君《けんくん》と言えるのではありませんか」

「戦場で、先頭に立って旗降るような君主だぞ、俺は。君主である前に騎士なんだ」

ラウルが礼をとった。

「わかりました……もう反対はいたしません」

フェルナンドは甲冑に身を包み、ラウルの兜をかぶる。サイズが合わないが、目の位置的に問題ないから、なんとかなるだろう。愛馬から、美しい装飾がほどこされた馬具を外し、ほかの騎士と同じような鞍《くら》を装着した。

騎兵百騎とともに、フェルナンドは城を発《た》つ。ここから一日半、全速力で馬を走らせれば王城に着く。

翌日の午後、ブエナフエンテ伯領に入った。ここまで来れば王城まで半日だ。山道を走っていると霧がかかってきた。

――いやな予感がする。

「ここらは崖もある。速度を落とすぞ。皆、足元に気をつけるんだ」

「はい！」

忠実で優秀な騎士たちが一斉に返事をした。

だが、すぐに、慎重に進むというわけにはいかなくなる。

王弟配下の騎士たちが行く手を阻んできたからだ。先頭にいる騎士の兜には見覚えがある。おそらく、ホアキンという、ペドロの騎士団長だ。

やはり、あの書き置きはペドロの罠だった。妃を助け出さないといけない。

――いよいよ王城に急がねば！

霧のせいで、ペドロの騎士がどのくらいいるのかよくわからないが、こちらは実戦で鍛え抜かれた精鋭揃《ぞろ》いだ。幸い、山道は狭く、先頭の二、三騎同士の戦いになるだろう。ペドロが配下の全勢力を向けてきているとしても所詮、三百騎ていど。勝算は多いにある。

フェルナンドが黙って剣を抜くと、背後でも鞘《さや》と剣がこすれる金属音が立った。平和を愛し、希求しているフェルナンドだが、この音を聞くと血沸き肉躍ってしまう。

全身に力が漲《みなぎ》った。

――ペドロ、俺に歯向かうなんて千年早いんだよ！

「兜を変えるなどと姑息《こそく》な！　王妃にさえ見捨てられた国王陛下よ、あなたは君主にふさわしくない！」

生意気にもホアキンがそうほざいた。フェルナンドは恰幅《かっぷく》がよすぎて、見知った者には兜を変えても王であることを隠しようがない、それだけのことだ。

「それを言うなら、ペドロはもっとふさわしくないぞ」

「ご自身が王にふさわしいとお思いなら、我々を倒してみればいい！」

ホアキンが剣を掲げると、その背後の騎士たちが雄叫《おたけ》びを上げる。この騎士たちはペドロの配下とはいえ、同じ国の人間だ。殺さずに済むならそうしたい。

フェルナンドは声を張り上げる。

「ペドロの騎士団とはいえ、おまえたちはオラーノ王国の騎士には違いない。侵略軍を追い払った我々を倒して、その上に成り立つ国家をおまえたちは望むのか？　今から時間の猶予《ゆうよ》をやる。戦いたくないものは、ここから去れ！」

「な、何を！　問題があるのは、王妃にも王弟殿下にも見捨てられた陛下のほうではないか！」

「皆はそう思っていないようだぞ」

数騎が走り出し、フェルナンドの背後に回った。

「残された騎士たちよ。諸君は、女遊びに現《うつつ》を抜かすペドロのために戦いたいとでも言うのか？」

さらに数騎がフェルナンドのほうに寝返る。

「これからは、我が騎士団から出ていく者は斬るぞ！」

ホアキンがそう叫ぶと、誰も抜け出さなくなった。

――仕方ない。

「そんなに戦いたいなら相手をしてやろうじゃないか！」

フェルナンドが剣を掲げると、我先にと、背後の騎士たちがフェルナンドを越えて、相手の騎士たちに襲いかかった。

ペドロの騎士団が後退していく。どさくさにまぎれて抜ける者も出てきた。やがて、山道が開け、平坦《へいたん》な空間へと出る。

――ここで一網打尽だ！

フェルナンドはその空き地の中央に出て、相手の騎士たちを引きつける。

「降伏するつもりの者は剣を鞘に納めろ！　さすれば余は殺さぬ！」

ペドロ側の騎士たちが次々と剣を鞘に納めた。この国を大国の侵略から守り抜いた王の堂々たる態度におじけづくのは当然のことだ。

そうなると気になるのが自分の騎士たちのことだ。

侵略軍との戦争を生き抜いたこの騎士たちを、身内の争いでひとりたりとも死なせるわけにはいかない。

そのとき、負傷している騎士が目に入った。しかもその騎士を目がけて、槍を構えて突進していく騎士がいる。

――けが人相手に卑怯《ひきょう》な！

フェルナンドは負傷した騎士のほうに馬を向けて全速力で走り出し、敵の騎士との間に割り込んだ。兜の隙間から垣間見える緑眼は、ホアキンの腹心の騎士、ニコラスのものだ。

彼と対峙《たいじ》しながら、フェルナンドが「早くここを離れろ」と、背後の騎士に告げると、弱々しい声が返ってくる。

「陛下に護《まも》っていただくなんて……申し訳なくて……できません」

「けが人は足手まといなんだよ！　さっさと離れないか！」

そう告げて、フェルナンドはニコラスに向かって剣を構える。ペドロの騎士団で一番の槍の使い手とされているのがこの男だ。だから、ニコラスさえ倒せば風向きは一気に変わる。

ニコラスが槍を突き出してきたが、フェルナンドは馬を横に動かしてかわし、彼の背後に回ると、その長く鋭い剣で脇下を突く。あっけなく、ニコラスが血飛沫《しぶき》とともに落馬した。

そのとき、蹄の音が聞こえてきた。霧が深くてまだ視界に現れないが、二騎近づいてきている。

フェルナンドが馬の向きを反転させようとしたとき、馬が後ろに傾いた。

――しまった！

霧のせいで見えなかったが、ここは崖になっているようだ。馬の後ろ足が地面ではなく、空中にはみ出した。

馬が落ちると同時に、フェルナンドも空中に投げ出される。

不思議と、そのとき恐怖を感じなかった。

幼いときから今までのことが走馬灯のように頭の中を駆けめぐる。なぜかそのフィナーレを飾ったのが、妃と初めて抱き合ったときのことだ。フェルナンドはあまりの気持ちよさに恐れを抱いた。それなのに、妃は、気持ちいいどころか痛がって泣いた。

――俺だけが気持ちいいなんて……。

だが、女が痛がるのは処女のときだけだと聞く。もしかしたら、もう一度したら、気持ちよがってくれたかもしれない。

なぜしなかったのか。いや、性交渉だけではない。なぜ、ちゃんと対面しなかったのか。

死を前にして、急にそれが悔やまれた。

どちゅっと、今まで聞いたことのない鈍い音とともに、世界が暗転した。

享年二十九歳。勇敢に戦い、祖国を守ったグラセス二世、崖から落ちてここに死す――。

――なわけあるか！

死後の世界は、どこが上か下かわからない空間だったが、フェルナンドは現世に戻るべく、上と思われるほうに手を差し出した。

すると、現世に手が届いた。すぐそこに現世がある。

だが、息が苦しくて立ち上がれない。意識が薄れていった。


――これからペドロに国をめちゃくちゃにされるなんて……死んでも死にきれない！

意識がなくなる直前に、そう強く念じたせいか、フェルナンドが目を覚ましたとき、眼前に広がるのはあの世ではなく、立派な天井の梁《はり》だった。

——死んでない⁉

フェルナンドが急ぎ起き上がると、そこは貴族が暮らすような部屋で、暖炉の前に敷かれた藁布団《わらぶとん》に寝かされていた。兜も甲冑もなく、躰が軽い。

「あら、起きたわ」

金髪を三つ編みにして左右に垂らした女性が青い瞳をぱちくりとさせ、フェルナンドを見つめてきた。

この顔には見覚えがある——。

——俺の妃じゃないか！

夫が目の前にいるというのに、プリシラは全く気づいていない様子だった。

——真っ暗で、本当に俺の顔がわからないまま契ったということか。

急に悪いことをしたような気がした。だが、政略結婚だ。顔がわからずにいたしたほうがいい面もあるだろう。

「ぼうっとしているけど、大丈夫？　意識はあるの？」

小首を傾《かし》げて聞かれた。

——俺の妃はこんなに可愛かったのか。

「あ、いや。俺はてっきり死んだものかと思っていたから」

するとプリシラがぷっと噴き出して、腹を抱えて笑い始めた。大領地の公女だから、もっと高飛車な感じかと思っていたので意外な反応だ。

「私もてっきりお化けかと思ったわ。田んぼを見回っていたら、溜池《ためいけ》から手だけ出てるんだもの」

助かったわけがわかった。崖から落ちた先が溜池だったのだ。すでに山のふもとまできていて、そんなに高地でなかったことも幸いしたのだろう。

「馬は？」

「馬は、低木に引っかかっていて無事よ。今日は霧がひどいから道を踏み外したのね？」

「あ、ああ。うっかりした」

——いや、その前になぜ、王妃が田を見回っているんだ？

「田んぼということは……君は米でも育てているのか？」

「ええ。そうなの。自給自足生活って素敵でしょう？」

——どこが？

「世の中、いろんな考えがあるものだな」

プリシラが不満そうに半眼になった。素敵だと同意してほしかったようだ。だが、素敵と思えないものに同意したくない。

「あなた、お名前は？」

「フェ……リペ」

この状況で王だとばれたくないと思い、フェルナンドはとっさに名前を変えた。

「フェリペ？　私の最悪な夫と名前が似ていていやだわ。私の前では改名してもらえないかしら。水田《アローザール》なんてどう？」

――やっぱり傲慢な公女だ、この女。

「アローザールだと？」

「なぁに。不満そうね。溜池ってあだ名よりかはいいでしょう？　私と従者がドロドロになって引っ張り上げなければ、あなた、溜池で窒息死していたのよ。私は命の恩人。お礼に、これからいろいろ手伝ってもらうから」

「俺が手伝いだと？」

そのとき、残してきた騎士たちの顔が目に浮かんだ。

――ペドロの騎士団ごとき、倒したに違いないが……。

だが、王が亡くなれば異母弟に王位が移るのだから、彼らの勝利は無駄になる。

――俺が無事だと早く伝えないと！

「手伝いなんて冗談じゃない。俺は今すぐ戻る」

そう言って立ち上がったとき、腰に激痛が奔《はし》った。溜池の泥がクッションになったとはいえ、甲冑自体が硬いから腰を打ったのだろう。

窓外に目を遣ると、すぐそばの木に留まっている番《つがい》の鷹二羽が目に入った。心なしか心配げにフェルナンドを見つめている。

——ここまで俺を追ってきてくれたなんて。

フェルナンドが胸を熱くしていたところ、背後から男の声が聞こえてきた。

——男との逃避行だったのか！

振り向くと、三十半ばの朴訥《ぼくとつ》そうな男が立っていた。予想していたのとかなり違う。

——そういえば、侍女と侍従をひとりずつ連れていったと書いてあった。

図らずも、あの書簡の内容が真実だと証明された。

若い侍女も顔を出してくる。

「奥様、騎士が目覚めたのでございますか？」

「ええ。そうなの。あのべっちょべっちょの溜池に入って、お気に入りの靴と服をだめにしてまで救い出してあげたのに、この騎士様は恩を忘れてすぐに帰るそうよ」

「ええ⁉　奥様自ら、どろんどろんになって、あの刺繍《ししゅう》の可愛いドレスをだめにしたというのに……その恩を忘れて？」

主《あるじ》が主なら、侍女も侍女だ。恩着せがましい。

そのとき、侍従が侍女とは違う反応をした。目を輝かせたのだ。

「それなら、この騎士の分のニクジャガも私が食べてよろしいでしょうか」

「ええ、もちろんよ」

プリシラが急に得意げな顔になってこちらを横目で見てきた。

何かよほどおいしいものがあって、どうやら、フェルナンドはそれを食べる機会を逸《いっ》したようだ。だが、庶民にとって最高に美味《うま》くても、王が同じくらいおいしく感じると思ったら大間違いだ。各地の領主から献上される品々で舌が肥えている。

「いいんですか。この騎士、半日も眠っていたからお腹がすいているんじゃないでしょうか」

本当に食べてもいいのか、食べる機会を奪ってしまうがいいのか、という表情で、男がちらちら見てくる。

――いや、待てよ。

伝令用の鷹がいるので、自分の無事をラウルに伝えることは可能だ。王が死んだと油断させておいて、異母弟に味方する者を割り出せば、王城から一気に膿《うみ》が出せる。

――これは好機では⁉

フェルナンドは作戦を変更することにした。

「待て。やはり、しばらくここで手伝おう。人手が足りない様子の恩人を見捨てて帰るわけにはいかない」

断じてニクジャガとやらを食べたいわけではない。それなのに、プリシラが瞳を三日月のように細めて、いやらしい笑みを浮かべている。

「なら……食べさせてあげても、よろしくってよ」

悲しそうな顔になった侍従を後目に、侍女がフェルナンドのほうに深皿を差し出してきた。

すると、プリシラが侍従を慰めるようにこう告げる。

「よかったら、明日のお弁当に肉ジャガも入れるわ」

侍従の顔が、ぱーっと明るくなった。

そこまで人を虜《とりこ》にするなんて、このニクジャガとやらには変な薬でも入っているのではなかろうか。

だが、実際、腹がすいているうえに、いい匂いがするものだから、フェルナンドは侍女から深皿を受け取ってしまう。

そこには、薄茶がかったクリーム色の石とニンジンに、鳶色《とびいろ》の肉らしきものと亜麻色のタマネギがからまった、見たことのない料理があった。

「石を食えと？」

すると、プリシラが不遜《ふそん》な笑みを浮かべる。

――なんだ……この、そんなことも知らないのかと言わんばかりの人を小馬鹿にした笑みは！

「一見、石みたいだけど、これは海の向こうのチヌークという国からやって来たジャガイモという作物なの。栗を大きくしてやわらかくして甘くなくしたような感じよ」

そこまで大きさも食感も味も違うなら、栗に例える必要があったのだろうか。

「ジャガイモ……噂に聞いたところだと、船員がこれを食べて腹を壊したとか？」

疑惑の目で見上げると、プリシラが話にならないとばかりに肩をすくめた。いちいち癇《かん》に障《さわ》る動きをする女だ。

「それはね。芽や茎を食べたからよ。でもね、このジャガイモは、痩せた土地でも育つから、この戦争で荒廃した世界を救う作物になるかもしれないわ」

そう真剣に語るプリシラの瞳を、フェルナンドはじっと見つめた。

美しい女だ。

だが、さっきから、むかつくようなことばかり言ってくる。

一度、契りを交わした。

どこもかしこもやわらかく――と、躰のことは置いておいて、まさかこんなに民のことを考えている女だとは思ってもいなかった。

すると、プリシラが頬を赤らめて目を逸らした。美形の男に見つめられて照れているのだろうか。不覚にも可愛いと思ってしまった。

フェルナンドは藁布団に腰を下ろし、二股のフォークでジャガイモを刺して口に入れる。

――なんだ、これは――⁉

今まで食したどんな料理よりもおいしかった。お腹がすいているせいだろうか。

――いや、違う。

戦場で、二日間何も食べられずに戦い続けたときがあったが、そのあとに食べたものとて、これほどまでに美味だとは思わなかった――。

フェルナンドは恐る恐る、今度はジャガイモに肉片とタマネギをのせ、いっしょくたにして口に入れてみた。

――なんだ、これは――⁉

美味《うま》い。さらに美味くなった。

フェルナンドは気づいたら、飲み物のようにニクジャガをかっこんでいた。食べ終わったあと、全速力で走ったあとのように肩で息をする。

――こんなにおいしいものを、公女育ちの王妃が作れると……？

「このジャガイモ料理、おまえが作ったのか？」

「さっきから、おまえ、おまえって、こちらの奥様は……！」

ロドリゴが不服そうに前に出てきて両腕を広げた。食べものの恨みも入っているような気がしてならない。

「いいのよ。私はもう夫とは縁を切ったんだから。それより、これから収穫というときに、いい人材を確保できてよかったわ。馬も役に立ちそうだし！」

「そうですね。それでショウユをたくさん造ったら、来年もニクジャガが食べられますね！」

「ショウユ？」

その問いかけに、プリシラが反応する。

「さっきのジャガイモ料理には醬油っていう隠し味があるの。でも、まだ代用品レベルよ。もっと完成度を上げていくつもり」

「そうか……」

いくら痩せた土地でたくさん採れる実があったとしても、おいしくなければ、農民が作りたいと思うようにならない。

——この調味料をもって、ジャガイモを普及させるつもりだな。

フェルナンドは、こんなに志の高い女性に会ったことがなかった。

プリシラの真剣な眼差しを見ていると、きゅんっとフェルナンドの胸が震えた。

——なんだ、今のは……。

溜池に落ちたときのショックか何かだろうか。

屈強で病気ひとつしたことのないフェルナンドには、こんな症状は初めてだった。

「わかった。協力しよう。だが、その前に俺を心配して捜している者に無事であることを伝えないといけない。紙とペンを貸してもらえるか」

「いいけど……どうやって伝えようというの？」

「私は郵便屋のような真似《まね》はしませんよ。女性ふたりと、この野獣だけになったら危険ですからね」

ロドリゴが間髪おかず、こんな失礼なことを言ってきた。

——おまえのほうがよっぽど危険だよ。

「大丈夫だ。手紙を運ぶ手段があるから。それより、ここはどこなんだ？」

プリシラが口を開きかけたとき、ロドリゴがずいと前に出てきて、こんなことを聞いてくる。

「奥様は人を疑うことを知らぬお方。なので、私が確認させていただく。そなたはどこの騎士団に属しているのだ？」

「俺は……」

——王直属の騎士団と言えば警戒されるだろう……そういえば！

腕のいい騎士を集めようと、武芸競技大会を行うと発布《はっぷ》したばかりだ。

「戦争が終わって故郷のテジェリアに戻ったものの、やはり憧れの国王陛下のもとで働きたいと思い、武芸競技大会に参加しようと王都に向かっていたところだ」

すると、プリシラが鼻で笑いやがった。

「つまり無職ってことね。武芸競技大会まで、まだふた月あるはずよ？　ここで農作業をしたら、さらに腕が上がること間違いなし！」

騎士の腕を舐《な》め腐った発言なうえに、プリシラは明らかに自分の利益のために騎士をここに留め置こうとしている。

だが、子どもが欲しいおもちゃをねだるような邪気のない表情を見ていると、なぜかフェルナンドの背筋が震えた。

それは快不快でいうと、快い感覚だった。

――どうしたら、ここで快くなれるんだ！

背を強打した後遺症かもしれない。

「事情はわかった。ならば、あの机を使って手紙を書くがいい」

ロドリゴが厳《おごそ》かにそう告げると、隅にある小さなテーブルを手で指ししめした。

フェルナンドは立ち上がる。腰が少し痛んだ。

「感謝する。で、ここはどこなんだ？」

場所がわからないとラウルに伝えようがない。

「ここは、ブエナフエンテ伯城の隣に広がる小さな農村である」

ブエナフエンテ伯爵は先の戦で勝利に大きく貢献したものだから、その見返りに領土を十分与えたところだ。揺るぎない忠誠心を持っている。

そういえば、プリシラの騎士にブエナフエンテ伯爵の次男がいた。その伝手《つて》で、ここで暮らしているのだろう。

——王城も遠くないし、潜伏するにはいい場所だ。

そんなわけで、フェルナンドは小さなテーブルに着き、もらった紙片にこう書いた。

『B伯の隣の農村にて待つ。Fより』

その紙片を摘まんで外に出る。

緑が多く、畑もあり、農村風だが、小集落ほどの広さに、水車や小川や畑など農村にあるべきものが全てそろっていて、庭園のように綿密に造られていることがわかる。

——前《さき》の伯爵夫人の趣味だな。

人は歳を取ると、自然に回帰したくなるものだ。

鷹が留まっている大きな樫《かし》の木を見上げ、フェルナンドは指笛を吹いた。コンラドとコンチャが降りてきたので、腰に手を当てて、肩に乗りやすくすると、二羽が双肩に留まった。

コンラドの脚に紙片を結ぶと、コンラドが彼の肩を蹴って一気に上昇する。コンチャが甘えるようにフェルナンドの頰に顔をすりつけてきた。

「コンチャ、しばらく寂しい想いをさせるな」

その様子を二階の窓から見下ろしながら、プリシラはロドリゴと話し合っていた。

「あの方は騎士の中でも相当腕のいいほうと思われます」

「それなら、直《じか》まきも、水張りもばっちりね」

前世では、苗《なえ》まで育ててから水田に植える米農家が多かったが、この世界では水を張らない状態で直に種もみをまき、苗が育ったところで水を張るのだ。

別所で苗を育てなくていいとはいえ、伯爵夫人の田はかなり広く、ロドリゴとプリシラふたりでは無理があると思っていたところだった。

「プリシラ様ご本人が農作業をなさるなんておっしゃるから、なんとかして人手を見つけてこなければと思っておりましたので、本当に助かりました」

「飛んで火に入る夏の虫ってところかしら」

ロドリゴが手を叩《たた》いて笑った。

「そこまでひどくないでしょう？　ニクジャガも食べさせてもらえますし」

プリシラは今になって、肉ジャガのすごさを実感していた。

確かに肉ジャガといえば、前世でも男の心をつかむ筆頭料理として名を馳《は》せていたが、この醤油なき世界では、まるで麻薬か何かぐらいな効果を発揮する。

——魚醤《ガルム》はあるけどしょっぱいだけだし、調味料にバリエーションがないんだわ。

味噌《みそ》なんて作った日には全世界の男がプリシラにかしずきかねない。

「ちょうど明日から直《じか》まきってときに、人手が降ってくるなんてすごくラッキーよね！」

「神が遣わしたとしか思えません」

そんなことを話していると、腰に片手を当て肩に鷹を乗せた彼が戻ってきた。

普通の人がやったら、鳥に宿り木扱いされているみたいで笑えるところだが、漆黒《しっこく》の髪にきりっと整った顔で、精悍《せいかん》な彼がやると、まるで神話の一シーンを切り取ったようだ。

――この人、本当に男くさい美形だわ……。

だが、プリシラの好みとは真逆だ。前世の推しだって中性的な金髪だった。

「あら？　鷹に手紙を託したのではないの？」

「鷹は二羽いるんだ。一羽は、この部屋で休ませてやろうと思って」

「ここは私の居室よ。壁に色とりどりのタペストリーがかかっていておしゃれでしょう？　意識がないから特別に暖炉の前で寝かせてあげていただけ。下に従者用の部屋があるから、アローザールはこの藁布団を持って下に行ってちょうだい」

床に敷いた藁布団を指差すと、彼がものすごく不服そうに眉間に皺を寄せた。

「水田《アローザール》じゃない、フェ……リペだ」

「わかったわよ。フェリペって呼ぶわよ。夫にひどい目に遭わされた私が辛い記憶を思い出して悲しい気持ちになればいいだけのことだもの」

するると彼の瞳が映す感情は、不機嫌というより困惑の色が濃くなった。

「なら、アローザールでいい。どうせ田植えを終えたら去るんだから、ちょうどいい名前だ。では下の部屋を借りる」

アローザールが藁布団を抱えて出ていった。

ロドリゴが不安そうに囁《ささや》いてくる。

「あの騎士、屈強そうで……奥様を襲ったりしませんかね？」

「あら。私が死んだら、二度と肉ジャガが食べられなくなるから、それはないんじゃないかしら」

「それもそうですね！　ニクジャガを食べたときのアローザールの顔といったら！　驚きと感動と喜びがいっしょになったら、人ってあんな表情になるんですね」

「ロドリゴもそうだったわよ！」

プリシラはロドリゴと顔を見合わせて笑った。

「では、私も下の部屋に参りますね」

「おやすみなさい。いい夢を」

ロドリゴも去り、カルメラが閂《かんぬき》をかける。カルメラはいつも、同じ部屋にある羽毛布団のベッドで寝ているのだ。

プリシラが見知らぬ騎士を必要以上に恐れずに済んでいるのは、犬笛を吹いたら、城の傭兵《ようへい》が駆けつけてくれる約束になっているからだ。

ほとぼりが冷めたらクレメンテもこちらに合流する予定になっている。

――クレメンテがこれだけよくしてくれるのって、やっぱり私が女相続人だからよね。

プリシラを手に入れた者が、いずれ広大なランカステル公領を手に入れる。

――たとえ領地狙いだとしても、妻の力になってくれない王よりかはよっぽどいいわ。

それにクレメンテは前世の推しと同じ金髪に青い瞳で、中性的な魅力がある。

それなのに、なぜかオラーノ王の無骨な手が思い浮かんだ。顔も明かさずに、プリシラの躰をまさぐり、初めての快楽を与えた、あの男――。

――顔もわからない男に感じたなんて、もしかして私、淫乱なのかしら……？

プリシラは顔をぶるぶると左右に振った。

――いいえ、今世だって、私は色恋ではなく食で快楽を追求してみせるわ！


翌朝、フェルナンドは、狭い部屋をばたばたと飛び回るコンチャの羽音で目を覚ました。

窓外の窓枠にコンラドが留まっていて、ガラス窓を嘴《くちばし》でこんこんと叩いている。

「もう戻ってきたのか」

フェルナンドが立ち上がって窓を開けると、コンラドが飛び込んできて肩に乗った。その足には新たな紙が巻いてある。

開けると、ラウルの筆跡でこう書いてあった。

『城はPにより占拠。F団は無事。昼には着く』

つまり、あの山道での戦いでは、フェルナンドの騎士団が勝利したが、王が行方知れずになったので王城は異母弟ペドロが支配している。ラウルは今日の昼には、この農村に着く、ということだ。

——ペドロ、束《つか》の間《ま》の玉座に酔いしれているがいい。

そのときノック音がして、プリシラとロドリゴが入ってきた。

「きゃあ！」

自分で入ってきておいて、プリシラが驚きの声をあげている。

「アロー、今すごく邪悪な顔をしていたわよ」

フェルナンドの名が、アローザールどころか略してアローになっていた。

「もともと、こういう顔なんだ」

そう開き直りつつも、自分は人を驚かすぐらい怖い顔をしているのだろうかと、フェルナンドは自身の頬を手で捏ねながら立ち上がる。

すると、コンラドが頭に、コンチャが肩に乗ってきた。フェルナンドについていけば外に出られると踏んでのことだ。

「まあいいわ。田んぼに行く前に……」

プリシラがそう言いながらフェルナンドのほうに顔を向ける。とたん、笑い出した。

「なんだ……失礼だな」

「だって、頭に鷹が乗っているんだもの」

涙まで浮かべて腹を抱えているではないか。

笑いすぎだ。だが、くるくる表情が変わっておもしろい。おもしろいだけだ。可愛いなどとは少しも思っていない。これっぽっちもだ。

ただ、この女が飢餓をなくす試みをしていることは評価したい。

――お手並み拝見といくか。

「まずは、ジャガイモがどんなふうに育つのかをお見せするわ」

邸を出ると、二羽の鷹は待ってましたとばかりに、上空へと飛び上がる。

農村のような風景の向こうには堅牢《けんろう》な石造りの城壁が聳《そび》えていて、城壁の向こうで、ブエナフエンテ伯城が顔をのぞかせていた。

フェルナンドは、この城に何回か泊まったことがある。

近くに小さな農村があることに気づいていたものの、農村《ここ》に滞在することになるとは思ってもいなかった。

まず、敷地内にあるジャガイモ畑をプリシラに自慢げに見せられる。緑の葉が気持ちよさそうに陽を受けていた。

「ジャガイモは、これから実るのか」

するとＷ、プリシラがおもしろいものを見つけたように目を大きく開けて笑った。青空のもと、プリシラの笑みが弾ける。

「いやぁね。もうできているわよ。ひとつ引っこ抜いてみたら？」

プリシラが屈んで茎をつかみ、フェルナンドのほうに顔を上げた。

陽の光で青い瞳がいつもより一層、透明感を増している。その瞳に吸い込まれるようにフェルナンドは隣で膝を折った。茎の、最も土と近い部分をつかもうとしてプリシラの手に触れてしまう。

白く華奢な手だ。

プリシラが慌てて手を離した。その頰が赤く染まって見えたのは気のせいだろうか。

そのとき、フェルナンドに、またしても、あの心臓が拍動する症状が出た。

――昨日食べされられたニクジャガに毒が含まれていたのでは……。

そんな想いを吹っ切るように茎を引っ張ると、魚釣りで大きな魚が引っかかったときのような重さを感じた。ずるずると引き抜くと、そこには、ごろごろと薄茶の丸い石のようなものが連なっている。

「地下にできるのか！」

「そうなの。まだひと月目だから、ジャガイモが小さいけど、あと二ヶ月もすれば大きくなるわ」

――三ヵ月で大きなニクジャガ……じゃなくてジャガイモがたくさんできるということか。

「これは……一年に何回か作れるのか？」

「そうね。少なくとも、春と秋、年に二回作れるわ」

フェルナンドは生唾を飲み込む。

――これがあれば、たとえ麦が不作でも、この冬を乗り越えられる。

だが、その前にペドロを叩きつぶさねばならない。

フェルナンドは顔を上げて鷹を探す。ラウルは慎重な男だ。昼までにと書いてきたのなら、もう着いていてもおかしくない。

案の定、近くの丘の上でコンラドとコンチャが旋回している。二羽が懐《なつ》いているのはフェルナンドとラウルだけなので、あそこにラウルがいる。

今晩にでも、ラウルと会って現状を把握したいものだ。

「アロー、今度はあなたが落ちていた溜池に行くわよ」

「いちいち、落ちていたとか言うな！」

フェルナンドが憤慨しているというのに、プリシラとロドリゴが顔を少し振り向かせてケタケタ笑っている。

――世界最強騎士団を、先頭に立って率いる王《オレ》に、無礼にもほどがある。

だが、今は我慢だ。いずれペドロを王城から追い出したら、正体を明かして――。

そこまで考えて、フェルナンドは首をひねる。

王のもとから逃げ出した王妃に正体を明かしてどうするというのだ。楽しく暮らしているところを邪魔されて余計に嫌われるだけではないか。

だが、王妃を見つけた以上、連れ戻さないわけにはいかない。彼女と婚姻を続けることに、この国の安寧《あんねい》がかかっているのだ。

足取り軽く歩いているプリシラの背に、フェルナンドは視線の照準を合わせる。

――悪いが、攫《さら》ってでも連れ帰るからな。

そんなことを考えていると、見慣れた馬が現れた。フェルナンドの愛馬、ブラスだ。

この小集落は木の柵で囲まれていて、その木枠に手綱の先がくくられている。馬の背の左右には木製のかごが下がっていた。

そのかごの片方にロドリゴが、茎と葉を付けたままのジャガイモをずぼっと入れる。さっきフェルナンドが採《と》ったジャガイモだ。

――駿馬《しゅんめ》ブラスが荷馬扱いとは……！

木の柵が扉のようになっているところがあり、ロドリゴがそこを開けると、当たり前のようにブラスの手綱を引いていく。ブラスが今までにないゆっくりした速度で歩いていた。すぐに田が見えてくる。ブラスが本気を出せば一瞬で着くような近さだ。溜池を中心に、その周りに田が広がっているのだが、どれも黒々として何も生えていない。

――いやな予感がする。

もしやこの田は開墾しただけで、ひとつも種まきをしていないのではないか。

プリシラが馬のかごから箱型の容器を取り出し、中を見せてきた。白い種みたいなのが水に浸されている。

「はい。じゃあ、ロドリゴの植え方を参考に、この種もみ、ひとつひとつを等間隔にまいてもらえるかしら？」

プリシラが『ひとつひとつを等間隔に』を、ゆっくり大きな声で強調してきた。

「種もみ？　種じゃないのか？」

「種だけど、もみがらに包まれているでしょう？　それにほら、先っぽに小さな芽が出ているのよ」

「わかった。まくよ。でも、プリシラは？」

「私？　私はここで応援しているわ」

――何が応援だ。ドロドロになりたくないだけだろう。

フェルナンドは裸足《はだし》になり、トラウザーズを膝下《しっか》までめくり上げて田に入る。

見上げると、自分が戦いの途中で足を踏み外したらしき絶壁がある。今日は霧もなく陽射《ひざ》しが明るいのではっきりと見えたが、思ったより高かった。

――あんなところから落ちて、よく助かったな。

このふたりが命の恩人には違いない。無理やり王城に連れ戻したとしても、ふたりが望むような生活ができるようにしてやりたいものだ。

上空で二羽の鷹が旋回している。フェルナンドを追ってきたラウルが、例の絶壁あたりまでたどりついたのだろう。

――あそこから見て、王が何をやっているのかとさぞかし驚いていることだろうな。

想像して可笑《おか》しく思いつつ、フェルナンドは一定間隔を開けて種もみをまき始める。

「すごいわ。アロー、そう、その間隔よ！　しかも速いし的確ね！」

プリシラが、アローが進む速度に合わせてあぜ道を歩きながら明るい声で褒めてきた。

これが応援ということか。

ずっとこんな調子で褒められていても居心地が悪いと思っていたら、プリシラはすぐに声をかけるのをやめて田に入り、雑草を引き抜いてはかごに入れ始める。立派な革のブーツが土まみれになっていた。

――さぼりたいわけじゃなかったのか。

きゅんきゅんきゅんと、そのときまた、フェルナンドの胸が締めつけられる。

──なんだ、これは──！

胸の動悸《どうき》を感じながらも一心不乱に種もみをまいていると、だんだん汗をかいてきた。激しい動きではないが、これはかなり運動になる。

「カルメラが来てくれたから、そろそろお昼にしましょうよ！」

遠くで雑草を抜いていたプリシラが立ち上がった。

大きな樫の木の下で、ロドリゴが敷物を広げる。よく見るとかなり凝ったダマスク織《おり》の布だった。庶民風に見せておいて、こういうところはやはり元公女だ。

──いや、王妃というべきか。

その織物の上にプリシラが座り、大きな布で覆われた箱を中央に置いた。

彼女が結び目をほどくと、三段の箱が現れ、プリシラが蓋を開けては敷物に置いていく。

一番上の段にはニクジャガが、二段目には米を三角の形に固めたものが、三段目には卵焼きと、アスパラガスの肉巻きが半々で入っている。

「さあ、召し上がれ」

プリシラが差し出したのは箱の蓋とフォークだった。

蓋を皿の代わりにしろということだ。

「いただきまーす！」

ロドリゴが早速、ニクジャガをフォークで刺しては自身の蓋にすごい勢いで移している。

――どれだけニクジャガが好きなんだ……。

フェルナンドはとりあえず、なじみのある食材で作られた、アスパラガスの肉巻きを蓋にのせる。アスパラガスも牛肉も、もちろん食したことがあるが、肉で巻くというのは独創性がある。そのまま口の中に放り込んだ。

――美味《うま》い！

濃い味付けの肉と、あっさりしたアスパラガスのハーモニーが素晴らしかった。

次に卵焼きを食べてみる。

――美味い！

ただ単に卵を焼いただけではない。少し湿った感じがするし、何か深い味わいがあった。

次に三角形に握られた米の塊をかじってみた。この塊は大きくて、男の大きな口でも一息に入れるとリスの頬袋《ほおぶくろ》のようになりそうなので、まず半分だけ。

――美味い！

特に何か具が入っているわけでもないのに、塩味が絶妙である。米は魚介と煮て食べるものだと思っていたが、こんな食べ方があるとは驚きだ。

フェルナンドはプリシラを凝視する。

プリシラもまた、おいしそうに自分が作った料理を食べている。

――公女、いや、王妃なのに、なぜこんなに料理が上手《うま》いんだ⁉

フェルナンドはそのまま無言で食べ続け、気づいたら笑顔で「美味かった」とつぶやいていた。

また自慢げな顔でもされるのかと思ったら、プリシラが、にっこりと清らかな笑みを浮かべ、こんなことを言ってくるではないか。

「おいしそうに食べてくれて、ありがとう」

――素直！

不意打ちにもほどがある。

また、心臓がおかしな動きを始めたので、フェルナンドは胸を押さえた。

「大丈夫？　もしかして昨日落ちたとき、どこか打ったの？」

プリシラが大きな青い瞳でのぞき込むように見てくる。

「大丈夫だ」

――いや、大丈夫じゃないかもしれない……。

動悸がさらに激しくなっていた。

「プリシラ様、この卵焼きにも、ショウユを少し入れていませんか？」

ロドリゴがしたり顔でそう問うと、プリシラが頰を薔薇色に染めた。

――夫《オレ》以外の男にも顔を赤らめるなんて……なんてことだ。

「まあ、ロドリゴったら、醬油探偵ね！」

「いえいえ。こんなにおいしい卵焼きは食べたことがないので、きっと隠し味があると思いましてね」

「醤油も少し入っているんだけど……実は出汁《だし》って言ってね、魚の骨と茸《きのこ》を煮出した汁を少し加えているの」

「それは気づきませんでした。探偵失格ですね」

そんなどうでもいい会話を聞きながら、フェルナンドは脚を伸ばして青い空を見上げた。

──ああ、きれいだ。

空が美しいことなど、忘れていた。

さわさわと木々の葉が揺れ、木漏れ日が動く。心地よい風に頬を撫でられ、フェルナンドは目を瞑った。

こんなに心が和んだのは久しぶりだ。

──ひとときとはいえ、王という肩書を脱いだことが大きいのかもな……。

そのとき、口に何か艶々した弾力あるものが触れた。

──唇!?

フェルナンドは目を全開させる。

すると、ロドリゴの顔が眼前にあった。彼が、にやっと笑って手を離す。

──ロドリゴかよ。

唇に押し込まれたものを手に取ると、さくらんぼだった。

「アローがやっと目を開けたわ」

プリシラが楽しそうに笑っている。

フェルナンドは腹を立てるどころか、そのさくらんぼより赤く瑞々《みずみず》しい妻の唇を凝視してしまう。

——そういえば……キスしてない！

儀式の式次第に入っていなかったとはいえ、キスぐらいしておけばよかった。

——というか、なんで俺は、よりによってこんな女とキスしたがっているんだ！

彼女のふっくらした唇が開く。

「ねえ、この間の対マリュス戦、アローも従軍したんでしょう」

「まあな」

正確に言うと、軍に従ったのではなく、軍を従えたほうだ。

「こんなにのんびり過ごす時間もなかったんじゃない？」

「ああ。ここは時がゆっくり流れていて、しかも……風が心地いい」

「あの好戦的な王のせいで平和な時間を謳歌《おうか》することもできなかったのね。王城なんて意地悪な輩《やから》の巣窟《そうくつ》よ。あんなところで働こうなんて思わず、ずっとここにいたらいいのに」

フェルナンドはどうも働きを認められてスカウトされているようだ。だが、話の内容は誤解に満ちあふれていて、不愉快極まりなかった。

――俺は侵略軍から国を守ったんだぞ！

「国王陛下は戦争が好きなのではなく、平和を希求していらっしゃる」

プリシラの目が据わった。

「ほー」

と、気のない返事をする。とにかく彼女は夫に関することには、とことん辛辣《しんらつ》だ。

「おかげで、プリシラも今、平和を享受しているわけだろう？」

「忠義に厚いのね。武芸競技大会でいい成績を納めて、憧れの国王陛下付きの騎士になれることを祈っているわ」

全く祈っているとは思えない表情だった。

――やはり、この女は可愛くない！

結局、フェルナンドは夕方までこきつかわれ、へとへとになって邸に戻る。二階の広間で、四人で食卓を囲んだ。

――国王夫妻が使用人と同じ卓を囲むなんてな。

食事は、ごろごろ野菜と牛肉のシチューとやらで、例のジャガイモも入っていたが、汁をすするとあまりにおいしくて、フェルナンドは一気に平らげてしまった。

するとまた、プリシラが目を三日月のように細め、こう問うてくる。

「おいしかったんでしょう?」

「ああ。プリシラが作ったのか?」

「三人で作ったの」

するとロドリゴとカルメラが一斉に自身の顔の前で手を左右に振った。

「いえいえ、私は力仕事をするだけで、調理は奥様がなさっていますから」

「私も水を汲《く》んだり、皿を並べたりと、お手伝いだけですわ」

「そうか……プリシラはすごいな」

この才能は王妃としては活《い》かせない。そう思うと、今度は胸がきりりと痛む。

――ここに来てから、どうも体調がおかしい……。


夜中、皆が寝ついたあと、フェルナンドは腰に剣を下げ、手燭を持って、こっそり邸を抜け出した。手燭を左右に三回振ると、農村の出口の近くに灯《あか》りが点《とも》り、上下に三回振って返される。

騎士団長のラウルだ。

フェルナンドは手燭を消した。満月の光を頼りにあぜ道を歩き、その灯りに近づく。

――間違って畝《うね》に足跡なんかつけたら、あの奥様が怒りそうだ。

想像したらなんだか可笑《おか》しくなって、口もとがゆるむ。

木の柵を飛び越え、フェルナンドがラウルの前に現れると、ラウルが感激したように目を見開いた。

「陛下、あんなに高いところから落下されたのに、おけがもなさっていらっしゃらないとは……。よくぞご無事で」

蠟燭《ろうそく》の炎に下から照らされたラウルの瞳は潤んでいた。

「あ？　ああ。そういえばあんな高いところから落ちたのだから、元気だと一言添えるべきだったな」

そのとき、フェルナンドは、あまりにも緊張感のない自分に驚きを覚えた。窮地ともいえる状況下にいるというのに——。

——俺は呑気《のんき》な人間ではなかったはずだ。

「さすが陛下。強靭《きょうじん》でいらっしゃいます。ですが、なんでまた、こんな農村で種まきなんてされているのです？」

「俺が死んだことにしておけば、誰が敵で誰が味方か、あぶり出せるだろう？」

ラウルが感動したように目を見開いた。

「さすが、陛下！　それでここに潜伏されているのですね」

「そうだ。料理はおまけだ」

「料理？」

――しまった。つい、うっかり。

「田んぼに女性がいただろう？　あれは……実は……私の妃だ」

「えっ⁉　あの女性が？　もしかして王妃陛下に助けられたのですか？」

「ああ。だが……プリシラは私がオラーノ王だと気づいていない」

「……王妃陛下とは昼に会ったことがないだけだと思っておりましたが……寝室は完全に暗闇だったたんですね？」

ラウルが眉をひそめてフェルナンドの顔をのぞき込んできた。

――なんだ、その逃げられて当然みたいな顔は……。

「扉の近くには燭台があったんだけどな」

「ベッドは寝室の奥ですよね？　世の中の皆が皆、陛下のように遠くの山にいる動物まで見分けられたり、夜目が利《き》いたりするわけではありませんよ」

「そうだな。今思えば、あのベッドは……暗すぎた」

「陛下は部下の気持ちや敵の戦略を読む能力には長《た》けてらっしゃるのに……」

――女心はわからないとでも言うのか。

「王なんぞ、その能力が優れていれば十分だろう？　ここに潜伏して死んだふりをしているから、その間《かん》、信用のおける者に城を偵察させろ。王が崩御ではなく、行方不明の場合、三ヵ月間は、いかなる者も王位を継承できないからな」

「三ヵ月もここで生活なさるんですか？」

「あくまで最長三ヵ月だ。少しでも到着が遅れてペドロに即位されてはかなわないからな。それまで、せいぜい農作業にいそしむさ。かなり体力を使うので、ある意味、もっと強くなれそうだ」

「さすが陛下！　どこにいらしても向上心を忘れずにいらっしゃいます！」

――最近、プリシラにけなされてばかりだったから、讃《たた》えられると気分がいい。

「まあな。あと騎士団だが、ここから一番近いゼガルラ城に移しておいてくれ。何かあったら鷹を飛ばすから、すぐに駆けつけてほしい」

「仰《おお》せの通りに」

フェルナンドが、ラウルのランタンの炎を自身の手燭に移すと、ラウルがランタンに黒いカバーをかけた。

「俺たちが会っているところを見られるとまずい。早くここから離れてくれ」

「はい。では失礼いたします」

ラウルと別れ、フェルナンドは邸へと続くあぜ道を歩く。

『ここで農作業をしたら、さらに腕が上がること間違いなし！』

プリシラにそう言われたときは反発したものの、さっき、うっかりラウルに同じようなことを言ってしまった。

フェルナンドは邸の近くまで来て立ち止まる。手燭を地面に置いて腰に下げた鞘から剣を抜いた。

月に向かって剣を掲げる。

――剣を握ると、感覚が研ぎ澄まされるな。

ここに二日いただけで、かなり鈍化したような気がする。そんな自分を切り裂くかのように、フェルナンドは剣を一振りした。

――やはり、体力をつけるだけではだめだ。この感覚を忘れないようにしないと。

素早く剣を振れば、近くの木の小枝がぱらぱらと落ちる。

ひとしきり剣の練習をして汗をかいてから、フェルナンドは一階にある自室に戻った。

粗末で狭い部屋だ。

脚の低いベッドに身を預ける。羽毛ではなく藁でできていて、ふかふかしていない。

――それなのに、この心地よさは、なんなんだ?

フェルナンドは生まれて初めて、王太子でも王でもなく、ただのフェルナンドになっていた。

第三章　ツンデレからデレを抜いた女

プリシラの朝は一杯のお茶から始まる。

窓辺のテーブルに着き、田園風景を眺めながら飲むハーブティーは最高だ。

いつもなら、醤油を使って今度はどんな料理を作ってやろうかと、〝食〟のことばかり考えるところなのに、最近、おかしい。気づいたらアローのことを考えてしまう。

窓外に目を向けると、樫の木が青々と茂った枝を誇らしげに広げている。

昨晩、喉が渇いて起きたら外に灯りが見えたものだから、不審者かと思って窓に近寄ると、木の下にアローがいた。

月の光に照らされ、一心不乱に剣を振っている姿に何か崇高なものを感じて、プリシラは見入ってしまった。

アローは外見だけでなく、内面までかっこいい。

――それなのに、なんで！　なんで、私、憎まれ口しか叩けないのよ！

料理なら、なんておいしいのかしら、見映えがいいのかしらと褒めそやすことなど簡単なのに、アローとなると、水田と呼んだり、鷹が頭に乗っていると嘲笑したり、こんなことも知らないのかと植物の知識をひけらかしたり、嫌われるようなことばかりしている。

——でも、好かれてどうするっていうの。

アローはしばらくしたらいなくなるのだから、憎まれ口を叩くぐらいがちょうどいい。

というわけで、この日もプリシラの口の悪さは通常運行となった。


それはアローとロドリゴと三人で田に向かっていたときのことだ。アローが夜更けに剣の練習をしていた木の下を通りかかると、小枝が落ちていた。

——剣を振るったら枝がスパッと切れるわけ⁉

ものすごい速さで振るわないとできないことだ。

——かっこよすぎでしょ！

「小枝が落ちているけど、もしかして、ここで剣の練習をしたの？」

昨夜のことは見ていないふりで聞いたら、アローが「ああ。腕がなまってはいけないと思ってな」と、ぼそりと答えた。

——なんてストイック！

プリシラは尊敬の眼差しでアローを見上げた。

それなのに、口を衝《つ》いた言葉はこれだ。

「今度は、ほかの木でもやってみてよ。アローがいるうちに、冬に備えて暖炉の薪《まき》を溜《た》められると楽だわ」

意外にも、アローが優しげに微笑《ほほえ》んできた。

「散らかして悪かったと思ったが、プリシラはなんでも役立てるんだな。俺も空《くう》を斬るより、枝を斬るほうが張り合いがある」

これは反則だ。かっこよすぎる。プリシラはなんと返したらいいのかわからず、呆然《ぼうぜん》とアローを見つめることしかできなかった。

ロドリゴが喜色を含んだ声で口を挟んでくる。

「直《じか》まきも速いうえに、薪まで作ってくれるなんて、やっぱりアローは、神が遣わしてくださったとしか思えませんなぁ」

――助かった。

「そうね。本当にありがたいわ。木灰《きばい》は、麹を作るときに欠かせないし」

やっと感謝の言葉が伝えられたとうれしくなって、プリシラがアローに目を遣ると、彼が困惑したような眼差しになり、照れたように顔を背けた。

――照れるわけないか。

彼のことだから、感謝されるほどのことではないと思っているのだろう。

その日、アローは昨日より速度を上げて、ものすごい勢いで直《じか》まきをしてくれた。

昨日と同じく、四人で食事をとる。昼は草むらに敷物を広げて重箱を囲み、夜は広間で豚肉のカルダモン焼きを食べた。

本当は豚生姜《ぶたしょうが》焼きを作りたかったのだが、生姜がないので代わりにカルダモンを使ったのだ。割と似た味になったと思う。

ロドリゴは、豚肉カルダモン焼きの味について褒めちぎりながら食べ、カルメラもおいしい、おいしいと言って食べてくれていた。

だが、何よりプリシラがうれしかったのが、アローが口に含んだ瞬間、少し驚いたのち、おいしそうに嚙みしめ、「初めて食した……美味いな」と、ぼそりとつぶやいたことだ。

刹那、プリシラの躰を快感が貫いた。

前世のカフェに、テレビの取材が入り、大人気アイドルから料理を褒められたことがあるが、それでもこんな快感は覚えなかった。

今世では、夫である王から逃げ、父親にも所在を明かせないでいる宙ぶらりんな状態なのに、今、プリシラはこのうえない幸せを感じていた。

——いつか味噌を作ることができたら、この三人に食べさせてあげたい。

アローのおかげで、広大な田の直まきが五日間で終わった。それなのに、プリシラは内心、喜べないでいた。別れの時が近づいているからだ。

すると、アローが「しばらくここにいさせてくれ」と頼んでくるではないか。

——醤油のおかげね！

プリシラにしてみたら、〝しばらく〟を少しでも長引かせたいところだ。

「あら、でも、楽に住まわせてもらえると思ったら大間違いよ。庭園の畑をもっと広くしたかったので、そちらもお願いするわ」

——またやってしまった！

プリシラは近くにある木の幹に、自身の頭をぶつけてかち割りたい衝動に駆られる。ずっとここにいてほしいとか、可愛い返しをなぜできないのか——。

そんなふうにプリシラが落ち込んでいることも知らずに、アローが「任せておけ」と、屈託のない笑みを浮かべてくる。

——外見も内面もかっこよすぎでしょ！

そんなわけで、アローがしばらくこの邸に身を寄せることになった。

小さな畑が何倍もの大きさになり、空豆、ヒヨコ豆、コリアンダー、タマネギ、ニンジン、キャベツ、カブなど、それまで近くの市場で買っていた野菜も植えられる。

もちろん、それができたのは、アローが寸暇《すんか》を惜しんで雑草を刈り取り、土地を耕して畑を拡張してくれたからだ。

そんなある日の午後、プリシラがミネストローネを作ろうと、畑に収穫に行ったときのことだった。

畑で膝を折り、熟れていそうなトマトをもいでは木のかごに入れると、ザッザッと、雑草を刈る音が近づいてくる。

プリシラが顔を上げると、木の柵の向こうに広がる原野でアローが鎌で雑草を刈りながらこちらに向かってきていた。農夫のような格好をしているのに、なぜか気品があるのが不思議だ。

「アロー、すごいわ。もう耕すところがなくなって囲いの外を開墾し始めたの？」

プリシラが立ち上がると、アローが雑草を刈るのをやめることなく近づいてきた。楽に住まわせてもらえると思ったら大間違いなどと、プリシラがきついことを言ってしまったせいだろうか。

「そうだ。ここらの土地も使っていいと聞いたからな。プリシラは晩ごはんの準備か？」

アローが鎌を放《ほう》ると、長い脚で軽々と柵を跨《また》ぎ、プリシラのそばにまでやって来る。

「手伝うよ」

低く落ち着いた声に、どきんとプリシラの心臓が跳ねた。

「べ……別に……ひとりでできるから、大丈夫よ」

「でも、ふたりでもできる」

アローが地面に直に座ったというのに、膝を折ったプリシラと頭の高さが変わらない。

横を向くと、すぐそこにアローの顔がある。

しかも、アローが至近距離で、じっとプリシラを見つめてきた。頰が熱くなる。

――顔、赤くなってないといいけど……。

「つ……疲れたでしょう？　トマトよかったら、どう？」

プリシラがトマトをひとつもいで差し出すと、アローは受け取ることなく、背を屈めて、
プリシラの手中のトマトをかじった。

どくんと、再び心臓が跳ねる。

食べ終わると唇を舐めながら、獲物を狙うような目つきを向けられた。

「採れたては美味いな。プリシラも食べてみたら？」

――むしろ、私を食べて……じゃなくて！

「まるまる一個は食べられないから、料理するときに摘まみ食いするわ」

そう言って、トマトを受け取るよう、アローの手に食べかけのトマトを押しつけると、
彼が受け取った。だが、そのトマトをプリシラの口に入れてくる。

うっかり、プリシラもかじってしまったではないか。

――間接キス！

　プリシラが彼を味わうようにじっくりトマトを咀嚼《そしゃく》していると、アローが残りのトマトを自身の大きな口に放り込んだ。

　本当に自分が食べられたようで、プリシラはドキドキが止まらなくなる。

　だが、トマトを食べ終わったあと、プリシラの口を衝いたのはこんな言葉だった。

「でも、食べかけを寄越《よこ》すなんて」

「食べたのは君だよ？」

「そ……そうだけど……手伝うって言っていたくせに」

「そういえば、そうだった」

　アローが、ひょいひょいとトマトをもぎ、プリシラのかごに入れていった。すごい速さだったのに、赤くなって熟したものがちゃんと選ばれている。

「このくらいで十分か？」

「え、ええ……」

「今日は何を作るんだ？　ほかに必要なのは？」

「トマトのスープよ。あと、ジャガイモとタマネギとニンジンが欲しいわ」

「任せとけ」

　アローが、プリシラのかごを腕にかけ、雄々しく立ち上がった。たくましい男が腕に可愛いかごをぶら下げている絵面が、アンバランスで笑いを誘う。

「今、笑わなかったか？」

「だって……かごが小さく見える」

「そうか。俺から見たら……プリシラ自身が華奢で……可愛い」

どかーんと、頭から噴火したかと思った。

——何この破壊力……。

男心は胃でつかめと言うが、いつの間にかプリシラは胃だけでなく心までつかんでしまったのだろうか。

——いやいや、こんな口の悪い女相手にそれはないわ。

おだてて、料理を頑張らせようとしているだけだ。

「こう見えて、私、華奢どころか筋骨隆々なんだから」

プリシラは肘を折り、力こぶをアピールするようなポーズを取る。実際、農村に来てから、体力がついたし、腕や脚も引きしまった。

それなのに、アローが、ふふんと不遜な笑みを浮かべる。まるでプリシラの全てを知っているかのようで感じが悪い。

「少し待っていろ」

アローが、次々とあちこちの畝《うね》から野菜を採ってきた。かごをのぞくと、またしても食べごろのものばかりが選ばれている。

プリシラは立ち上がってかごを受け取った。

――本当にこの人、仕事が早いうえに的確だわ。

「ありがとう。こんなに早く終わるとは思ってもいなかった……。お礼にお茶をごちそうするわ」

「さぼっていいのか？」

にやっと、アローが片方の口角を上げた。

――セクシーすぎ！　……じゃなくて。

「たまには休憩を入れないと、大切な労働力に逃げられかねないから」

プリシラは、つんと顔を上げる。

「俺は逃げないよ？」

アローがプリシラに肩を寄せてきた。

――もしかして私、口説かれてる――⁉

と思ったら、アローがプリシラのかごを手に取る。かごを持とうとして肩が触れただけだった。だが、紳士的な行いで好感度が高い。

「重いだろう？」

「それに気づくなんて、やるわね」

「まあな。プリシラに鍛えられたから」

そんな軽口を叩き合いながら、プリシラはアローと邸まで戻る。

邸に着き、プリシラが厨房まで行こうとすると、腕を取られた。手が大きくて、どぎまぎしてしまう。

「な、何？」

「今日は天気がいい。外でお茶しないか？　俺はここでお湯を沸かすから」

彼が指差したのは大きな石を積み上げただけの簡易なかまどと、その向こうにある、石造りのテーブルだった。

ここなら、山々や畑を見渡しながらお茶ができる。

「まあ、素敵ね。茶器やお菓子を用意してくるわ」

お菓子と言ったものの、プリシラは今世では公女なので、クッキーどころかパンもろくに作れない。いつもカルメラに焼いてもらっていた。

プリシラは茶葉を入れたポットとカップ、そしてお茶うけのキャラメルを、銀盆《シルバートレー》にのせて外に出る。

すると、もうかまどの薪は燃え上がっており、その上にある鉄鍋の湯も沸いていた。

「ポットを貸して」

かまどの脇に立つアローが手を差し出してきたので、プリシラがポットを渡すと、彼が木製のお玉で湯をすくい、器用にポットに入れる。

「ついておいで」

アローがポットを手に、テーブルのほうへ進んでいく。

――一生ついていきたい！

彼の大きな背中をうっとりと眺めながら歩き、テーブルに銀盆を置くと、プリシラはアローと向かい合って座った。

ポットもカップもピンクの花と黄金の草模様で彩られた美しい陶磁器だ。この邸は、建物だけでなく、家具から食器まであらゆる物が洗練されていた。

――クレメンテったら、こんな素敵な邸を貸してくれるなんて、本当に太っ腹だわ。

春の風が花の香りを運んできてくれる。

――あ～、気持ちいい！

「なんだ？　この石みたいなのは？」

アローが視線を落とした小皿には、美しい陶磁器に似つかわしくない、焦げ茶色の石が転がっていた。

――確かに石だわ……これ。

「キャラメルっていう……牛乳と砂糖で作った飴《あめ》なんだけど……無理して舐めなくていいのよ。私、調理は鍋しか使えないから……」

プリシラが今世で唯一作れるお菓子はこれだった。

「いや、舐めたい」

アローが、まさに舐めるような目つきでプリシラを見つめながら、キャラメルを指先で自身の口に押し込んだ。

プリシラは、なぜか自分が舐められたような気になり、全身が甘い痺《しび》れに包まれる。

「疲れたときは甘いものが効く。しかもこれは、君のように、やわらかく蕩《とろ》けるようだ」

「そ、そんなこと、なんでわかるのよ」

またしても、プリシラの全てを知っているかのような意味深な笑みを浮かべられた。

「見ればわかるさ」

彼の手が伸びてきて、指先で耳元の後れ毛をくるくるされる。

――この行為は何？　やわらかさを確かめてるの？

プリシラは、その指先に無理やりカップの取っ手を引っかける。

「はい。お茶をどうぞ」

「ありがとう」

アローが目を細めた。優しげな笑みだ。

絵に描いたような幸せとはこのことか。ずっとこんな日が続けばいいが、アローはあの失礼極まりない王のもとで騎士になりたいがために、いずれいなくなる。

アローだけではない。プリシラだって、一生ここで過ごすというわけにはいかない。

——いつまでもクレメンテの厚意に甘えているわけにもいかないし。

アローがカップに口をつけた。

「すーっとするな」

「ミントが入っているから」

「そうか。あんな雑草みたいなのが、こんなふうに使えるのか」

アローがソーサーにカップを置くと、じっとプリシラを見つめてくる。

「プリシラはどうして、夫と別れたんだ？　戻りたいとは思わないのか？」

「全く思わないわ」

「……そうか。どういうところが気に食わなかったんだ？」

「元々、夫は私の嫁資《かし》が目当てなの」

「最初は財産目当てでも、だんだん愛が芽生えることもあるんじゃないか？」

「それは全くなかったわ」

なぜかアローが軽くショックを受けたように胸に手を置いた。

「そうか……。だが、プリシラはまだ若い。再婚を考えてもいいと思うんだが」

「いえ。私、もう男性はいいの。ひどい夫だったので懲りたわ」

「どんなふうにひどかったんだ？」

「夫婦になったのに、愛を育む気が全くなかったの。話す機会すら作ってもらえなかったから、私だって愛情が生まれようもないし」

「俺には愛がある」

熱い眼差しでこんなことを言われ、プリシラは胸を射抜かれたような衝撃を覚える。気づけば、プリシラは胸に手を添えていた。

アローも今、自身の胸を手で押さえている。

ここは心臓——心があるところだ。

——アローも私のこと……？

「でも私、今はもう、財産はないわよ？」

「財産目当てなわけがないだろう？」

「そ……そうかしら」

この邸に住んでいるだけでも、一介の騎士からしたらプリシラは裕福に見えていることだろう。

そのとき、頭上でばさりと空《くう》を切る音が聞こえた。プリシラが見上げると、鷹二羽がふたりの上を旋回している。

「お腹がすいたみたいだな。ちょっと待ってろ」

アローが邸のほうに駆け出した。戻ってきたときには木製の鳥籠を手にしていて、中にはねずみが三匹いた。

「それ……まさか……餌？」

二羽の鷹がすかさず、アローの肩に乗ってくる。

「ああ。邸でねずみ取りを仕掛けて、捕まるたびに鳥籠に入れているんだ」

――確かに、この人、お金がなくても、どこでも生きていけそう。

「はい」と、アローが小さな袋を差し出してくる。

「干し肉だ」

「え？」

「雌のコンチャに餌をやってくれ」

そう言ってアローが右肩を差し出してくるので、プリシラは途惑いながらも袋から干し肉を取り出してコンチャの口に持っていくと、かぷっと咥《くわ》えて呑《の》み込《こ》むように食べた。

もっと欲しいと言わんばかりに、プリシラをじっと見つめてくるものだから、もう一切れ、もう一切れと、どんどん餌付けする。

――楽しい！

「動物、好きなんだな？」

「ええ。さすがに鷹はこんなに近くで見たことがなかったけど……愛嬌《あいきょう》のある顔をしているのね」

「しかも、すごくかしこいんだ」

「もう一羽には餌をやらなくて大丈夫なの？」

左肩に乗る鷹が恨めしそうにプリシラを見ていた。

「あとで、このねずみをやれば満足するさ。動物好きなら生餌をやるところは見たくないだろう？　それよりプリシラ、馬は好きか？　乗れるのか？」

プリシラは、こくんとうなずいた。

「今度、馬に乗って、ここらを散歩しないか」

――しまった！

乗れないことにしておけばよかったと、プリシラは後悔する。

彼女は同じ馬に乗りたかった。カップルといえば、傘なら相合傘《あいあいがさ》、自転車なら二人乗りがいいに決まっている。

だが、違う馬だとしても、これはデートのお誘いだ。アローと乗馬デートできたらどんなに楽しいだろう。

馬でも牛でもいいから、とにかくアローとデートしたい。そんな願望で頭をいっぱいにしていたというのに、口から出た言葉はこれだ。

「なぁに、さぼる気？」

――自分、口と頭が分離しすぎ！

プリシラが、またやってしまったと白目を剝《む》いていると、アローが微笑みかけてきた。

「プリシラに楽しんでもらいたいだけだよ」

――なんという人たらし！

「こ、こうやって、いろんな女性を落としてきたのね？」

「てことは……プリシラは今、落ちたってことだよな？」

「べ、べ、別に、落ちてないし！」

――硬派だと思っていたのに、なんだかすごく遊び慣れてる感じ！

きっと女と見ると、すぐこんなことを言っているのだ。

この日以降、アローがプリシラとふたりきりになると、すかさずせまってくるようになったが、プリシラはかわし続ける。

――私はまだ王妃なんだから自重しないと！

第四章　全て雨のせいだ

直《じか》まきから二週間ほど経《た》ち、田が一面、緑になった。

これでやっと水を引ける。

だが、その前に雑草を抜く必要がある。またしてもアローが、ものすごい速さで草をむしってくれたので、午前中で終わった。

弁当を食べ終わったところで、アローがすっくと立ち上がる。

「よし、じゃあ水を引くか」

気づいたらアローが主導権を握っていた。

――騎士になったら、すぐにでも騎士団長になりそうだわ。

彼が仕える予定の主《あるじ》が、あの王かと思うと、口惜しくてならない。

溜池から水路に水が流れるのを堰《せ》き止めている岩のあるところまで四人で行くと、アローが当たり前のように屈んで岩をつかんだ。

すると、ロドリゴが「三、二、一」と、カウントダウンを始めた。

アローが岩を押し出し、溜池から水路へと水がほとばしる。

「やったわ！　ついに水田になるわ！」

気づいたら、いい歳をして、四人で手を繋ぎ、ステップを踏んで回っていた。


それから一週間ほど経ったときのこと。夜、窓を激しく打つ雨音でプリシラは目覚めた。窓に駆け寄ると、外はすごい雨だ。午後は晴れていたので取水口を閉じていない。

プリシラは防水性のあるマントを羽織り、ロングブーツを履き、真鍮《しんちゅう》とガラスでできたランタンを手にする。これなら、雨に濡《ぬ》れても灯が消えない。

水田は、走ればすぐのところにあるし、少し様子を見るだけだ。人を起こすほどのことではない。

外に出ると、春とはいえ冷たい雨で、悪寒が奔《はし》った。

――大丈夫。走れば温かくなるもの。

プリシラが走り出したそのとき、何者かに腕を取られて悲鳴を上げそうになる。

「プリシラ、どこに行くつもりだ？　俺は厩舎《きゅうしゃ》の様子を見てきたところなんだが……」

アローの声だったものだから、プリシラは安堵で涙をにじませた。

「あの……雨で……水田の水位が上がってるんじゃって、心配になって……」

「君って人は……女ひとりで出て、誰かに襲われたらどうするつもりだったんだ？」

「短剣を持っているもの」

「却《かえ》って、それで脅されたり、刺されたりするのがオチだ」

「ごめんなさい」

素直に謝れたのは、アローが本当に心配している様子だったからだ。

「いいんだ。俺が見てくるから居室にいなさい」

「ううん。私も行きたい」

暗くて表情はよくわからないが、そのとき、アローが溜息《ためいき》をついたような気がした。

「わかった。絶対、俺から離れるなよ」

そう言って手を繋いでくる。大きく力強い手だ。

守ってくれる誰かがいるというのは、こんなにも心を温かくしてくれるものなのか。

水田に着くと、溜池の水があふれて水田になだれこみ、一部の苗が流されていた。こういうときのために、溜池から外に水を逃す溝が掘ってある。

その仕組みについてアローに説明すると、「こんなこと、よくも自分ひとりでやろうとしたな」と呆《あき》れられた。

「ただ、どうなっているのか見にきて、少しでもいいから自分でできることがあったらって思っただけで……私、最近、結構力持ちだし……」

プリシラが、ごにょごにょ言っているうちに、アローが岩を外して溜池の水を逃し、水田へと続く路《みち》のほうは岩と土嚢《どのう》で塞いでくれた。

「さすがだわ！」

ぱちぱちとプリシラが拍手をしたとき、こつんと、頭に小石が降ってきた。その後、パラパラと小石が落ちてくる。

「なぁに、これ？」

プリシラが見上げたとき、ゴーッという奇妙な音がした。

「プリシラ、離れろ！」

アローがそう叫ぶと、プリシラを抱きかかえ、崖を背に全速力で走り始める。

まさか自分がこんなに軽々しく持ち上げられるとは思っていなかったので、プリシラは驚きつつも、彼の太い首をかき抱く。

——すごく、がっしりしているわ。

次の瞬間、ものすごい轟音《ごうおん》が立った。

「な……なんなの、今の音？」

「崖崩れだ」

音がしたのは、邸へと続く道のほうだった。

「アロー……どうしよう。私のせいで……邸に戻れなくなっちゃった」

「とりあえず、明るくなるまで、どこか雨宿りできる場所を探さないと」

「それなら、小屋があるわ」

プリシラはランタンを掲げた。

「小屋？」

「ここらの農民が休憩用に作った小屋よ。崖を背に、この路《みち》をまっすぐ行けば着くはず」

「そこなら安全だな」

アローが走る速度を上げたので、すぐに小屋に着いた。彼は勢いよく扉を開けると、暖炉の前にプリシラを下ろし、ランタンの炎で暖炉の薪に火を点《つ》ける。

一気に、明るく、暖かくなった。

三つ編みをする時間がなく、髪がべちょっと顔と肩に貼りついていた。髪の毛をつかみ、左右に広げて乾かしていると、「拭かないと乾かないよ」と、アローが布で頭をごしごしてくれた。

決して丁寧な拭き方ではなかったのに、妙に気持ちよく感じてしまう。

「あとは暖炉でなんとかなるだろう」

アローが暖炉の周りを囲む鋼の柵に布を掛ける。

「アロー……いえ、フェリペ。ずっとアローなんて呼んで失礼だったって反省しているわ。しかも、こんな目に遭わせてしまって、ごめんな……きゃっ」

アローが上衣を脱いで、上半身裸になっていた。さすが本物の騎士。前世の推しよりずっといい躰をしている。上腕は筋肉で太くなっていて、腹筋も割れていた。

「いや、今になってみたら、アローと呼ばれたほうがいい。プリシラがくれたあだ名だから、大切にしたい。それに、まぎらわしくないし」

——まぎらわしい？

意味がわからなかったが、プリシラは問いただすどころではなくなる。急に冷えを感じ、震えが止まらなくなったのだ。

「プリシラ、寒いんだろう？　濡れた服は躰の熱を奪うから早く脱いだほうがいい。あっちを向いてるから」

アローがプリシラに背を向けた。

確かに、服が濡れている以上、暖炉ごときではどうにもならない。

「絶対、見ないでよ！」

と、プリシラが言ったときには、アローがトラウザーズを脱ぎかけていた。

「やだ！　お尻、見ちゃったじゃないの！」

「そう、うれしそうにするな」

「し、してないし！」

プリシラも背を向け、ベッドまで歩き、ベッドカバーを剝《は》ぐ。これを服の代わりにしようと思ってのことだ。すごい勢いでドレスを脱ぎ、カバーを躰に巻きつけた。

背を向けたままアローに話しかける。

「アローも布か何かを躰に巻いてちょうだい」

「もう巻いてるよ」

プリシラが振り返ると、アローは、さっきの布を腰に巻いただけだった。

――まぁ。肝心なところを隠してくれたから、いいか。

処女ではないとはいえ、暗闇だったので、まだ男性の象徴を見たことがない。見ることに抵抗がある。

小屋の真ん中に敷いてあった布を、アローが暖炉の前に移し、自身が腰を下ろすと、隣をポンポンと叩いた。

プリシラはアローの隣に座る。暖炉の炎は暖かいが、躰が芯から冷えていてなかなか温まりそうにない。

「今日は……ありがとう」

「やけに素直じゃないか」

「それはそうよ。私ひとりだったら死んでいたかもしれないし、こんなことに巻き込んでしまって申し訳なく思っているわ」

彼の手が頬に伸びてきて、プリシラはびくっとした。

「なら、その命、一生、俺に預けてみたら……ん？」

「ん？」

アローが真顔で、もう片方の手も出してきて、プリシラの額や首まで触ってくるものだから、プリシラは体中をぞわぞわさせてしまう。

「プリシラ、熱があるぞ？」

「え？　さっきからぞわぞわするのって……もしかして？」

「やましい心がないとは言わない……だが、俺の膝に乗れ。温めてやる」

――やましい心があるっていうこと？

プリシラが躊躇《ちゅうちょ》していると、ひょいっと持ち上げられ、膝に座らされた。

――夫と躰の大きさが近いような？

自分が知っている男性が夫しかいないから、そう感じるだけだと、プリシラは思い直す。だが、すぐにそんな比較などできなくなる。アローが背後からぎゅっと抱きしめてきたからだ。

――心臓が転がり落ちるかと思ったじゃないの！

だが、温かい。温度だけではなく、気持ちも温かくなる。

「プリシラ……」

掠《かす》れた声が耳にかかったと思ったら、そのまま耳を甘嚙みされ、プリシラはびくっと肩をすくめた。このまま彼に抱かれたら、夫のことを忘れられるだろうか。

――いいえ、そういうわけにはいかないわ。

プリシラはランカステル公女にしてオラーノ王妃なのだから。

「アロー、私ね。前も言ったように最悪な夫のもとから逃げてきたの。あなたとそういう仲になって、その人にばれると、アローもどんな目に遭うかわからないわ」

「もしその夫が、実はプリシラのことが好きで、追ってきたらどうする？」

「それはないわ。それに、もし追ってきたとしても、また逃げるだけけよ」

「プリシラは可愛いから、金目当てじゃなかったかもしれないぞ？」

「そんなこと言ってくれるの……アローだけよ？　家同士の結婚で私がどんな人間かも知らずに結婚したし、結婚一年経っても私の顔を見ようともしないし、自分の顔を見せようともしないのよ。興味があるない以前に、失礼だと思わない？」

「確かに……ひどい夫だな」

「それなのに、周りの人たちはなぜ子が生まれないんだとか非難してくるわけよ」

「それは……すごい心労だったたな」

「そうなの。妻にそういう負荷をかけていることに考えが回らないってことは、よほどのあほでしょう？　部下の気持ちだってわからないだろうから、そのうち反乱とか起こされるに違いないわ」

「反乱……？」

「そう、そう。弟あたりがやりかねないわね」

「なんでそう思うんだ？」

「だって、夫の弟は、私が醤油を作っているだけで魔女扱いしてきたもの」

「なんだと⁉」

アローが、ものすごく怖い顔になった。プリシラの気持ちに寄りそい、ひどい夫だと思ってくれたようだ。

「ね、ひどい夫でしょう？」と、プリシラは彼を振りあおぐ。

「は？」

アローが何を言い出すんだ、みたいな表情になった。プリシラの気持ちを汲んでくれたのかと思いきや勘違いだったようだ。

「ひどいのは弟のほうだろう？」

「弟をのさばらせたのは、家に寄りつかない夫よ。元凶は夫！」

「なら、こうして近くにいて、たくさんしゃべって、抱き合っている俺のことは、好きになってもおかしくないってことだな」

――これは熱だから不可抗力よ！

「もう、とっくの昔に好きになってる」

言ってから、プリシラは気づいた。口に出した言葉と、心の声が逆になっている！

アローがプリシラの肩に顎をのせ、流し目を送ってくる。

「なら、熱のせいにして、俺に抱かれたらいい」

「え？　いえ？　えっと、これは失言って言うか……間違って心の声が……」

──っていいよ、好きって認めたも同然じゃない！

「わかる。俺も、最近心の声がだだ漏れで困ってるんだ。プリシラのこと以外、考えられない」

背後から抱きしめる腕に力がこもり、唇を重ねられた。

──ファーストキス！

クズ夫に処女を捧《ささ》げてしまったが、まだ自分には初めてが残されていた。心の奥底から喜びがあふれ出す。

「アロー、もっとキスして」

「俺も、もっとしたいと思っていた」

プリシラは顔だけでなく、上半身をアローのほうに向け、片手を彼の背に回す。彼が背を屈め、くちづけしてきた。

「小さな唇、食べてしまいたい」

冗談めかして、アローが唇全体をぱくっと咥え、べろりと舌で舐め上げる。

「アローになら、食べられたいわ」

「貪り合おう」

アローが厚く大きな舌をプリシラの口内にねじ込んできた。

——あ……アローが入ってくる。

そう意識しただけで、ぞくぞくと快感に侵食されていくというのに、アローが口内で、舌に舌をからめてくるではないか。

夢中でからめあっていくうちに、プリシラの舌がアローの口内に引き込まれ、気づけば互いの口内を舌でまさぐり合っていた。

キスを交わしながら、アローがプリシラの脇下を支えて持ち上げ、彼と向かい合うようにして下ろす。このほうが深くくちづけられる。しかも彼の胸は温かい。

だが、それより何より、向かい合って密着したことで、乳房が胸板に圧され、彼が少し動くだけで、胸の芯から全身に快感が飛び火していく。身悶《みもだ》えていると、臀部の谷間に何か硬いものが当たる。

「あっ」

思わず、プリシラは驚きの声を上げてしまい、唇が外れた。

「わかるだろう? 俺、もうプリシラが欲しくてたまらないんだ。いいな?」

好きな男に、こんなにストレートに求められ、断れる女などいようか。

プリシラは彼の胸板に頬を押しつけてぎゅっと抱きしめる。

「私も……アローが欲しい」

頬をつけたままプリシラが見上げると、アローの両目がカッと見開いた。

アローはプリシラを敷布にそっと下ろすと、「少しここで待っていろ」と、立ち上がる。

部屋の端に置いてあるベッドから毛布二枚を取ってくると、一枚は敷布の上に広げ、そこにプリシラを横にさせた。その上に毛布を掛けると、中に入ってくる。

ふたりは裸で毛布に包《くる》まれ、横寝で向かい合うことになった。

「温かいか?」

「心があったかい」

「俺もだ……」と、アローが額に額を付けてくる。

「熱っぽいが、大丈夫か」

「うん。私が熱でアローを温めてあげるんだから」

プリシラはアローに抱きつく。

「そうか……温めてもらうのは俺のほうだな」

アローが横寝で下になったほうの腕でプリシラを抱きしめ、彼女の両脚の下に大腿を差し入れる。床に毛布だけでは固いので、自身の躰をクッションにしようとしてくれているようだ。

「アロー、優しい」

不思議なことに今日は心の声がそのまま口からあふれ出す。

「優しさには下心もある」

アローがもう片方の脚を彼女の両脚の間に突っ込んできた。硬いものが太ももに当たり、プリシラはびくっと腰を退《ひ》く。それを逃さないかのように、アローが彼女の臀部を手で押さえ、大腿を前後させて脚の付け根をこすってくる。

「あ……」

プリシラは口を開けっぱなしにして身をよじった。

「この動き……たまらないな……しかも、濡れてる……」

「そんな恥ずかしいこと……言わないで」

「いや、言う。いかに君が俺にとって素晴らしい存在なのかを言い続ける。プリシラも言ってほしい。……でも今日は……しんどくなったら、それを真っ先に伝えてほしい」

――クズ夫に聞かせてやりたい。

そう思ってから、プリシラは頭の中から夫のことを消そう、いや、完全に消し去りたいと心から願った。今はアローのことだけを感じていたい。

「アローの気持ち、うれしい」

プリシラが見上げると、アローが目を見開いた。何かスイッチでも入ったようだ。

アローがプリシラを抱きしめたまま、上掛けの中で頭の位置を下げる。彼は胸の先を愛撫するように咥え、舐め上げ、先端を吸ってきた。

「あぁ……そんな……とこ……」

プリシラは、喉を仰《の》け反《ぞ》らせ、彼の背に回した指先に力をこめる。

「何も口にしなくてもわかる。プリシラはここにくちづけられると、気持ちいいみたいだ」

濡れた乳暈に彼の息がかかり、プリシラは答えるどころか、体中をびくびくと震わせた。

「話すどころじゃなくなってる」

アローがもう片方の乳首を甘噛みしてくる。

「んんっ」

今までの優しい愛撫とは違い、強い刺激にプリシラは声を上げた。

今度はアローが乳暈を口に含み、ちゅうっと吸い込む。

彼の唇によって乳房全体が引っ張られると、プリシラはじっとしていられなくなり、自身の股に挟まれた彼の大腿に太ももをすりつけてしまう。秘所に彼の大腿が当たって、余計に快感が強くなる。

「くっ」

アローが呻いた。

彼の言う通りだ。口にしなくてもわかる。

「爆《は》ぜてしまうところだったじゃないか」

文句を言っているくせに、その声には喜色が含まれていた。

「いいのよ。……爆ぜて？」

「そんなこと……言われたら……！」

プリシラは仰向けにされ、アローに組み敷かれる。

横から暖炉の炎に照らされた彼の眼差しは、いつになく野性的で、嚙みつくようにくちづけられる。

プリシラの口内を舌で蹂躙《じゅうりん》しながら、ふたつの乳房を揉《も》みしだく。その手の動きは荒々しかったが情熱的で、彼の長い指が乳首に当たるたびに、プリシラは喘《あえ》ぎ、彼の肩に回した手に力が入った。

「そうだ……。そうやって俺につかまっていろ」

アローは片手を胸から下腹へ移し、下生えの中へ分け入ると、そこにある芽のようなものを指でくりくりとしてくる。

「え？　あ？　……ぁあ！」

未知の愉悦を与えられ、プリシラは腰を浮かせて全身を痙攣《けいれん》させた。

アローが耳朶《じだ》を口に含んで舐め、尖り始めた秘芽を指先で摘まむようにいじってくる。

プリシラは涙を浮かべて、水から出された魚のように躰をびくびくさせるしかなかった。

「あっ」

そのとき、手が股の間にすべり落ち、アローが脚の付け根をぬるぬると前後させてくる。

真ん中の指がだんだん秘裂に食い込んでくるものだから、たまらない。

「アロー……もう、だめぇ……楽に……させてぇ」

「俺も……そろそろ……限界だ」

言い終わるか終わらないかというときに、ぐちゅりと彼の指がプリシラの中に沈んだ。

「ぁあん……アロー……」

「プリシラ……ここ、こうされたら気持ちいい？」

聞きながら、指先で、腹の奥にある壁をこすってくる。

「そんなのっ……アローにならっ、どこをどうされても気持ちいいに決まって……るぅ」

「うれしいよ」

ずるりと指を引きずり出されると、それもまたプリシラに強い快感をもたらし、蜜がだらりと垂れる。その蜜が太ももを伝っていく感覚に頭をぼうっとさせていると、太ももをがっと左右に開かれ、ずんっと奥まで一気に穿《うが》たれた。

「あぁっ」

アローは退くことなく、動きを止めた。

「プリシラ……君は中まで温かい……しかもうねって、俺を抱きしめてくる」

耳元でそう囁くとすぐに、アローは剛直をぎりぎりまで引きずり出し、再び勢いよく腰を打ちつけてくる。プリシラの中は再び彼で埋めつくされた。

それを何度も繰り返される。アローが彼女の臀部をつかんでいるものだから、プリシラは後ろにずれることはなかった。ものすごい密着感に、プリシラは自分が自分でなくなるような感覚に呑み込まれそうになる。

やがて、アローが腰を小さく揺らして、雄芯の根元で蜜口をなぶってくるものだから、プリシラは涙ぐんで顔を左右に振った。

「ふぁ……あぁん……」

「なんて可愛らしい声なんだ……」

感激した様子でそうつぶやくと、アローが躰を伏せた。ぴんと尖った乳首が彼の胸板に触れる。それだけで、プリシラは小さく叫んでしまったというのに、アローが腰を退き、半ばまで引きずり出すと再び、ぐぐっと彼女の中に押し入った。

これを繰り返さえるたびに乳首が胸板とこすれる。

「ああ……あっ……あぁ……ふぁ……あぁ」

プリシラは嬌声《きょうせい》が止まらなくなっていた。

「もっと、もっと聞かせて」

そんな声はもうプリシラには届かない。彼女はどんどん上昇していくような感覚の中にいた。頂点まで昇り切ったとき、何かが弾ける。

「あっ」

繭のようにふたりを包む毛布の中で、プリシラは彼とひとつになった感覚とともに絶頂を迎えた。

プリシラはアローの腕の中で目覚めた。小屋の中が建物の隙間から入る朝陽で明るくなっている。

——もう、雨がやんだのね。

それにしても、なんと幸せな夜だったことか。

——愛のあるセックスが、こんなにも気持ちいいものだったなんて……。

額に大きな手が触れた。

「プリシラ、もう熱がひいてる」

このときの彼の慈愛に満ちた眼差しといったら——。

——目に焼きつけておかないと！

「ありがとう。アローのおかげよ」

プリシラは仰向けのアローに覆《おお》いかぶさり、彼の胸板に頬を預ける。彼の躰は大きく、温かく、すべすべしていて、とてつもない安心感がもたらされた。

「プリシラ……なら、もう一度……いいだろう？」

彼の手が背から腰へ、そして臀部へと伸びていき、その感触に、昨晩の甘い記憶が蘇る。

プリシラはぞくぞくと官能に侵食されていく。

「で、でも……みんな心配してるだろうから……」

プリシラはしぼり出すような声で告げた。

もし、ロドリゴがブエナフエンテ伯城の騎士まで狩り出して捜索し始めたら大変だ。

「あっ」

彼が背後から手を回し、尻の谷間にすべり込ませ、くちゅくちゅとわざと水音を立てる。

「でも、濡れてる……。こんな状態の君を外に出すわけにはいかないよ」

アローがもう片方の手をプリシラの下腹にもぐりこませ、あの敏感な芽をくりくりとしてきた。しかも、背後から回した手の指を蜜口にぐちゅりと沈ませる。

「ぁあ……！」

プリシラは前と後ろから愛撫を受け、彼の腕をつかんで顎を上げた。

そのとき、遠くからこんな声が聞こえてくる。

「プリシラ様ぁー！」

ロドリゴがプリシラを捜しているようだ。

プリシラは転がるようにベッドから下り、暖炉前の柵にかけられた服を手に取り、すごい勢いで身に着ける。

アローが裸のまま、ベッドに肘を突いて横たわっていた。

「何、くつろいでいるの！　早く着て」

プリシラが急《せ》かしたのに、アローは全く意に介さない。含意のある眼差しで見つめながら、プリシラの蜜に濡れた指をしゃぶった。

「きゃー！　変態だわ」

「プリシラの全てを舐め尽くしたいだけなのに、どこが変態なんだ？」

――な、何この人、本当にたらしなんだから！

プリシラは話しても無駄だと思い、柵にかけてあった服を手に取ってアローに押しつけ、小屋の外に出る。

明るくなって、ようやく惨状が分かった。緑に覆われていた崖は山肌を露《あら》わにし、邸へと続く道は土砂や倒木で完全に塞がれていた。

――アローがいなければ、死んでいたわ。

呆然としていると、アローが出てきて当たり前のように腰を抱き寄せられる。

「ちょっと！　一回したからって、もう夫気取り？」

プリシラが横に跳んでアローから離れたところで、ロドリゴの安堵したような声が聞こえてくる。

「奥様～！　ここにいらしたんですね！」

ロドリゴが駆け足で近づいてきた。

――セーフ！

横跳びが少しでも遅かったら、関係を怪しまれるところだった。

王城を飛び出してすぐに、見ず知らずの騎士と懇《ねんご》ろになる女だとは思われたくない。

――実際はそうなんだけど！

そんな自分ツッコミをしていると、ロドリゴが目の前までやって来た。

「奥様がいらっしゃらないので、アローの部屋に行ったら、アローまでいないので、お護りしているのだろうとは思ったのですが、あの崖崩れを見て、肝を冷やしましたよ」

「心配かけて、本当にごめんなさい。水位が気になって……アローが取水を調整してくれたんだけど、崖崩れで水田の半分がだめになってしまったわ。せっかくロドリゴが二ヶ月かけてこつこつ開墾してくれたのに……」

「奥様……そんなことを気にしてらっしゃったんですか……？　命あっての物種《ものだね》ですよ。また私が開墾しますから」

「それなら、俺に任せろ」

アローが力強くそう言い切ると、ロドリゴが顔を明るくした。

「アローも手伝ってくれるなら、本当に助かりますよ」

「本来、もう田植えを済ませておかないといけない時期なのに一から始めるんだろう？　騎士の仲間を手伝いに呼ぶから人海戦術で元通り……いやもっと規模を大きくすることもできる」

「それはありがたいけど……アロー、もうここに来てひと月よ。武芸競技大会は大丈夫なの？」

「大丈夫だ。大会は延期になっているから」

大会を主催している王が失踪している以上、開かれることはない。

第五章　奥様は私！

鷹を使った伝令によって、騎士団長ラウルが呼び出された場所は、水田の近くにぽつんと建つ木造の粗末な小屋だった。

今、彼はオラーノ王と小さなテーブルに着き、向かい合っている。

「騎士を百人、ここに連れてくればいいわけですね？」

「ああ。二週間で終わらせたいミッションがあるんだ」

王がついに打って出る気だ。ペドロの所業について報告書に書き連ねてきたかいがあったというものだ。

「ペドロ殿下は即位したわけでもないのに王きどりで、これ以上のさばらせるわけにいきませんもんね！」

するとと、王がなぜか、目を瞬かせた。

――私は何か、見当はずれなことを言ってしまったのだろうか？

「まあ。ペドロなど放っておいても臣下から嫌われるのは目に見えている。あいつが散々嫌われたあとに俺が王城に戻ればいいだけのことだ。それより……」

——それより大事なことが……⁉

ラウルはこの歴史的瞬間を見逃さないように刮目《かつもく》した。

「その騎士たちなんだが、甲冑はやめて農作業にふさわしい服装にしてくれ。いっそ農夫に身をやつしてくれてもいい」

「なるほど。百人もの王直属の騎士が集結したら、陛下がここにいらっしゃると勘づかれかねないというわけですね。さすがです」

王が再び、目を瞬かせた。

——今、何か予想外なことでも言ったのだろうか……？

「それもそうだ。気取られたときのために剣や槍を持ってきておいたほうがいい」

「はっ。念のため甲冑も持参させます」

「そうしてくれ。俺は騎士たちの前に出るときは兜をかぶる。それでも王《オレ》に近しい者は気づくだろうが、俺を王ではなく『アロー』という仲間の騎士として扱うよう伝えてほしい」

「なるほど。敵をあざむくには、まずは味方からというわけですね！」

王がこほんと咳払《せきばら》いし、意を決した表情に変わった。

「それもあるが……プリシラは俺が王だと気づいていないんだ。気づかないままにしておきたい。そうだ。プリシラが姿を見せても王妃としてではなく、横暴な夫から逃げてきた、顔も心も美しい、料理の上手な若奥様として接してほしい」

ラウルはいろんな意味で驚き、どこからつっこむべきかわからず、言葉を失った。

――なぜ未《いま》だに、王妃陛下にご自身の身分を明かしていらっしゃらないのです？

――横暴な夫とは、国王陛下ご自身のことなのですか？

――美しいとか料理上手とか、特長についてわざわざ言及なさった意図は？

そんな疑問を頭の中でぐるぐるさせていると、王が言葉を継いだ。

「我が王妃は素晴らしい女性だったんだ。世界を救おうとしているんだよ」

曇りなき眼《まなこ》で、王ともあろう方が何を言い出すのだろう。世界を救う前に王城の奪還が先ではなかろうか。

――いや、陛下のことだから、王城に戻ることも含めての規模の大きな話に違いない。

「して、王妃陛下は、どのように世界をお救いになるおつもりなのでしょうか？」

王が得意げな顔になる。

「驚くなよ？　ジャガイモだよ」

「毒が入っているという、冒険家が持ち込んだ食物ですね？　もしや、それをペドロ殿下に食べさせて……？」

王が眉間に皺を寄せ、ゆっくりと顔を左右に振った。

「そんな小さい話じゃない。ジャガイモの毒は芽の部分だけで、その実は痩せた土地でも育つんだ。プリシラは、そのジャガイモをおいしく料理できる調味料を開発して普及させようとしている。実際、ショウユという調味料で作ったニクジャガというジャガイモ料理は俺が今まで食したどんな料理よりおいしかった」

「今まで最高級の料理を召し上がってきた陛下がそう思われたのですか?」

王が無言で小さくうなずいた。

「それを食したら、きっと皆、ジャガイモを栽培したいと思うでしょうね」

「ああ。暑すぎたり寒すぎたりしない時季なら、三ヵ月で育つ。しかも腹持ちがいい。小麦のように石臼で挽《ひ》いたり、捏ねたりしなくても、ゆがくか焼くかしただけで、やわらかくなって食べられるんだ」

「では、騎士たちの任務はジャガイモを植えることですね?」

「それなら簡単なんだが、ショウユを作るには米が必要なんだ。土を掘り起こし、あぜを盛り、取水口を作り、種もみをまき、雑草を抜き、水を引き……水田を作らなければならない」

「調味料のほうが大変なのですね」

「もちろん、米も食べられるし、一石二鳥だ。プリシラは料理上手だから、まず騎士たちにニクジャガを食べさせたら、わかってもらえると思う」

「王妃陛下自ら調理をなさるのですか？　私めも、ぜひご相伴にあずからせていただきたいものです」

「水田作りを手伝ってくれるなら、プリシラは喜んで作ってくれるだろう」

「そんなに高い志をお持ちの王妃陛下なら、なぜ国王陛下はご身分を明かさずにいらっしゃるのです？」

ラウルは危うく叫びそうになった。

王が、まるで戦況が悪くなったときの将軍のような険しい表情になっていたからだ。

「プリシラは自分の夫……つまりオラーノ王のことを毛嫌いしているんだ。正体を明かしたら嫌われそうで……言えない。言いたくない」

怖い顔をしておいて、発言の内容は十代の乙女だった。

――さっきの『横暴な夫』というのは、やはり国王陛下を指していたわけか。

「陛下、もしかして、王妃陛下のことを……愛してらっしゃるのではありませんか？」

王がこくりと小さくうなずいた。

顔が怖いのにしぐさだけは可愛くて違和感が半端ない。

「この邸でのプリシラとの生活が素晴らしすぎて、正直、王城なんぞ異母弟に渡すのもいいかもと思ってしまうぐらいなんだ。それに、俺が戦いに出たら、プリシラが悲しむだろう？」

――誰、この人……⁉

ラウルが命を捧げた王が骨抜きにされてしまった。ふにゃふにゃにもほどがある。

「悲しむということは、王妃陛下もまた陛下を愛していらっしゃるということですね？」

王が手で口を覆った。顔つきは怖いが少し顔が赤くなったような気がする。

「ああ。俺に惚《ほ》れてる。視線が合うと頬を赤く染めるんだ」

「……早く顔合わせすべきでしたね」

「いや。顔の問題ではない。俺は少し遠くからとはいえプリシラの顔を見たことがあるし、美しい女だとは思っていた。だが、それだけではこんなに好きになれない。内面を知ったからこそだ。領地日当てで結婚した妻が自分の理想の女性だなんて、そんな偶然が起きるなんて誰も想像しないだろう？」

困ったように笑った王は、今までになく幸せそうだった。

「そう……ですか。……運命としか思えませんね」

ラウルの口調が棒読みになっていたのに気づくことなく、王が真顔でうなずく。

「そうだ。これは運命なのだ。あとは機を見て自分が王だと明かすだけだ」

「それは、それは……お世継ぎの誕生が楽しみですね」

「そうだな。俺とプリシラの愛の結晶が生まれたら……」

そこまで話したあと、にやけていた顔が急に引きしまった。

「王城は早々に奪還しないと。我々の子しか、この国を統《す》べるのにふさわしくない」

「そうですよ！　早く王城を奪還しましょう！」

ようやく王がやる気を出してくれて、胸を撫でおろすラウルだった。


そのころ邸では、クレメンテがプリシラを訪ねていた。

プリシラが彼に会うのは一ヶ月ぶりである。クレメンテは、王妃の居場所がばれないように、この農村ばかりか、ブエナフエンテ伯領自体にも寄りつかなかったそうだ。

そんな彼をプリシラは自分の居室に通した。

「よくぞいらしてくれました。お茶を出すので、お座りになって」

「王妃陛下自ら……？　お手伝いいたしましょうか？」

「よしてよ。今はなんでも自分でするの。王妃陛下ではなく、プリシラって呼んでね」

クレメンテは、今日は甲冑を身に着けておらず、普段着なのだが、相変わらず金髪も青い瞳もきらきらしていて、前世の推しそっくりだ。

それなのに、プリシラの心に、ときめきが全く湧き上がらなくなっていた。

――やっぱり私、アローが好きなんだわ。

作り置きのお茶とキャラメルを出し、プリシラはクレメンテと向かい合って座る。

彼がカップに口をつけた。庶民のような格好をしていても、優雅な陶磁器が似合う男だ。カップをソーサーに置くと、クレメンテが神妙な面持ちになった。

「実は……国王陛下がお亡くなりになりまして……それでようやく私がここに来られたのです」

「ええ!? 王が？」

——とうとう顔を合わせず仕舞いになったってこと？

顔は知らないが、ほかの人が最も知らない面だけ、プリシラが知っている男だ。

「プリシラ様にお伝えしたら、お喜びになるかと……」

クレメンテが意外そうに顔をのぞき込んできた。

「夫としては、ひどい方だと思っていたけれど……まさか……亡くなるなんて……」

「落馬されたそうです。これで、プリシラ様は自由になられたということですよ」

——自由！

「私、離婚しなくても独身に戻れたのね」

「ええ。王妃陛下が失踪したことはまだ公《おおやけ》になっていないので、王が亡くなったから王城を出た、ということにすれば丸く収まるかと」

「それはいいわ。私を魔女扱いしていた王弟が王になるから、私、王城に戻らないほうがいいわよね？　でも、私につき添ってオラーノ王城にやって来たみんなを、ランカステルに連れ帰らないと」

「私と配下の騎士たちがおりますゆえ、無事に帰還できるよう手配いたしましょう」

凛々《りり》しい眼差しを向けられ、プリシラは頼もしく思う。

「何から何まで……本当にクレメンテには頭が上がらないわ。この邸も住み心地がよくて。おばあ様の趣味のよさが邸全体……そう、こういった陶器にも表れていて、一生ここに住みたくなってしまったぐらいよ」

プリシラは言いながら、花柄のカップを持ち上げた。

「私としては、一生、プリシラ様にここにいらしていただきたいものです」

クレメンテがプリシラの手を取り、きらめく青い瞳を向けてくる。

——前世の私なら、鼻血もので即うなずくところだけれど……。

彼の手は、愛するアローより繊細できれいだが、何も惹《ひ》かれるところがなかった。

「ありがとう……」

口では謝辞を述べたものの、プリシラは彼の下心を感じたことで、早くここを出なければと密《ひそ》かに決意する。クレメンテはいい人だと思うが、恋愛対象にならない以上、好意に甘えるわけにはいけない。

となると、プリシラに残された道は、ランカステル公城に戻ることだ。

だが、ロドリゴが頑張って作った水田の半分以上が土砂で埋まったところで、アローが水田を元通りにしようと、今、騎士の仲間を呼びに行っている。

実家に帰るということは、そういう皆の頑張りを全て無にしてしまうということだ。

——いえ、問題は水田ではないわ。

公国に戻ったら、また父親が決めた相手のところに嫁ぐことになる。だが、もう無理だ。アロー以外、考えられない。

——それに、子ができるようなことをしてしまった。

もし今、妊娠していたら、亡きオラーノ王の子ということになって、王位継承がややこしくなるのではないか。

自分は王妃だというのに、あまりに軽率すぎた。

「プリシラ様、どうかなさいました?」

彼の手に力がこもったものだから、プリシラは慌てて顔を上げる。

「実家に戻らないといけないってわかっているんだけど、気が乗らなくて……」

「この『伯爵夫人の農村』を気に入ったからでしょう?」

「気に入ったからって居座るわけにいかないわ。結婚は親の指示を仰がないといけないし」

こう語ることで、プリシラは暗に彼の求婚を断ったつもりだ。

「ぜひとも、大公陛下にこの私を推薦していただきたいものです」

クレメンテはめげなかった。

プリシラは複雑な気持ちになる。前世の自分なら、こんな美形に求婚されて舞い上がっていたところだ。しかも、彼は美しいだけでなく、伯爵家に生まれたうえに騎士団長になるぐらいの実力がある。

だが、条件がよければ恋愛感情が生まれるというわけではない。

『プリシラのこと以外、考えられない』

真剣な眼差しでそう言い、熱いくちづけをくれたアロー。

――ちゃんと、けりをつけないと……。

「ごめんなさい。こういうのは、早めにはっきり伝えたほうがいいと思うから敢えて言うわ。私、クレメンテのこと、恋愛対象として見たことがないの」

できれば傷つかないでほしい。そう思ったが、彼の瞳はとたんに光を失った。

「そう……ですか。わかりました。でも一度、一度だけ……抱きしめてくれませんか。挨拶みたいなのでいいので。それで諦めます」

クレメンテが悲しげに言って立ち上がった。

「そのくらいなら、喜んで」

プリシラも立ち上がり、お互いの頬と頬を重ねる挨拶のようなハグをする。匂いも体型もアローと全然違った。

――アローに抱かれたとき、王と比べて全然違うとは思わなかったわ。

今になってわかったが、アローは亡き夫に似ている。男兄弟がいないので、男性はみんなあんな感じかと思い込んでいた。

そのとき、何かに気づきそうになったが、「ありがとうございます」という、彼の声で思考が遮られた。

「そんな……感謝してもらうほどのことではないわ」

プリシラは彼から手を離す。

「また参ります」

「もしよかったら、今度は、みんなでいっしょに夜ごはんにしましょう？　醤油が完成したので、肉ジャガも作れるようになったのよ」

「ええ。楽しみにしています」

クレメンテが口角を上げたが、眼差しが寂しげで、プリシラはぎゅっと胸を締めつけられた。だが、仕方ない。ここで気のあるそぶりをしても、あとになって余計に傷つけてしまうだけだ。


一方、フェルナンドはラウルとの密談を終え、足取り軽く邸へと向かっていた。途中、野道にピンクや赤の可愛い花々が咲いていたので、それをぶちぶちちぎって花束にする。

仲間の騎士たちが百人も集まって開墾してくれると聞いたら、プリシラはどれだけ喜ぶだろうか。フェルナンドをより一層頼もしく感じて抱きついてくるかもしれない。

——そんなことをされたら、大人の男として我慢することはできないから、覚悟しろよ。

邸の二階に上がり、フェルナンドはプリシラの居室の扉をノックする。

「失礼する」

「アロー、どうしたの？」

中からプリシラの声が聞こえたので、フェルナンドが扉を開けると、プリシラが椅子から立ち上がった。落ちこんでいるように見える。

「プリシラ、どうしたんだ？　何か悲しいことでも？」

フェルナンドは駆け寄って、花束を差し出す。

プリシラがうつむいてそれを受け取ると、ぼそりとこう言った。

「実は……私の夫が亡くなったの……」

「それは……誰から聞いたんだ？」

「この村を貸してくれている騎士よ」

——王妃付き騎士団長のクレメンテか。

王の遺体こそ見つからないが、崖から落ちて助かっているわけがないし、こんなに長い間、失踪しているのもおかしいということで、王城では王はもう亡き者として扱われているると、ラウルから聞いていた。

「プリシラ、あんなに夫を嫌っていたのに、喜ばないんだな」

フェルナンドはプリシラの背を覆うように抱きしめる。

「そうなの……。明るいところで顔を見たこともない人なのに、自分でも不思議なんだけど……やっぱり躰を重ねたことがあるからなのかしら……」

——顔もわからない俺のことも、少しは好いてくれていたのか。

プリシラが意を決したように顔を向けてきた。その瞳は潤んでいる。

「亡くなった夫にも悪いし、あなたを騙《だま》すみたいで……言わずにはいられなかった。……こんな未亡人、いやになった？」

「いやになるどころか、もっと好きになった」

フェルナンドは背を屈め、彼女のふわふわの頬にキスをした。

「……私、実は、夫に触られて気持ちいいと思った瞬間もあったのよ？」

——なんと！

精油に催淫作用があったとはいえ、心がなくても気持ちよく感じたなんて、躰の相性がもともとよかったといえるのではないか。

もしかしたら、今なら正体を明かしても、フェルナンドのことを嫌いにならないかもしれない。

「そんなことを気にすることはない。プリシラは本音を包み隠さない……情の厚い女だ」

「……私、あなたが初めてだったら、よかったのに……」

――さっきの涙はもしかして、そういう涙だったのか⁉

そのとき、フェルナンドの下肢に熱がこもった。

「プリシラ……俺が忘れさせてやる」

――君に惚れてなかったときの俺なんてクソみたいなものだ。

プリシラが涙に濡れた瞳を向けてくる。

「忘れ……させて？」

そのとき、フェルナンドの頭に歓喜の鐘がぐわんぐわん鳴り響いた。

――プリシラが気持ちいいと思うところを、とことん探ってやろうじゃないか。

フェルナンドは速足で扉に向かって閂をかけると、プリシラの立つテーブル脇まで急いで戻る。

この間《かん》、五秒――。

ふたりの行為が外から見えないように、フェルナンドは、つづれ織りの布を窓にかけた。

そのとき、低木の後ろに隠れているクレメンテが目に入る。

――あいつ……プリシラに懸想《けそう》してるんじゃ……。

今後、この邸に侵入されないように警戒しないといけない。そんなことを思いながら、フェルナンドはプリシラに鋭い眼差しを向ける。

白いワンピースの上に、彼女にめちゃくちゃ似合う若草色の胴着が重なっているのだが、これが、どうやって着たのかがわからない。中央に編み込みがあるが、この細い紐を自分太い指で一本一本外さないといけないのだろうか。

——破らずに脱がす方法が見つからない！

そのとき、天才的な発想転換が起こった。

——脱がさなければいいのだ。

そう思うと心に余裕ができて、フェルナンドは彼女の腰を抱き寄せる。布越しとはいえ下肢が密着して、それだけで天にも昇る心地だ。

プリシラだってそうだ。顔が急に艶《つや》めいた。

——物欲しそうな顔をして……。

クレメンテにも、こんな顔を見せているのではないかという疑惑が浮かんで、すぐに打ち消す。亡夫のこともわざわざ自己申告するぐらいだから、それはない。

〝アロー〟はどこの馬の骨ともわからぬ騎士なのに、プリシラは彼に誠実であろうとしている。

そう思うと、居ても立ってもいられず、フェルナンドはプリシラを抱き上げて唇を重ねる。身長差があるので、縦抱きにしないと、顔の位置が同じにならない。

顔の傾きを変えて、何度もくちづけているうちに、彼女の頬が薔薇色に染まっていく。

——なんて、可愛らしい！

明るいところだからこそわかる素晴らしい発見である。

フェルナンドはそのままプリシラをテーブル上に座らせた。

お互いを貪るような深いくちづけを交わしながら、フェルナンドは胸を覆う胴衣をずり下げ、乳房を露わにした。服に下から押し上げられたふくらみはいつもより張り出し、劣情を誘う。

彼は彼女の背に手を回し、少し後ろに倒してアネモネのような淡いピンク色の乳暈を口に含んで強く吸った。このくらい刺激が強いほうが感じてくれると踏んでのことだ。

案の定、プリシラが「ぁあ」と、悩ましげな声を発して、白い首を仰け反らせた。三つ編みが揺れる。

「きれいだ……プリシラ……どこもかしこも」

濡れた乳暈に息がかかっただけで感じるようで、またしてもあえかな声が漏れた。フェルナンドはもうひとつのピンク色の蕾《つぼみ》を甘噛みしてみる。

そのとき、プリシラがびくんと身を跳ねさせた。

やはり、少々刺激が強いほうが感じるようだ。自分の予想に答えをもらったようで、フエルナンドは、強く吸いながらも、もう片方の濡れた乳暈をつぶすように摘まんで強く引っ張ってみた。

「ぁ、アロー……」

涙目で、プリシラがねだるような眼差しを向けてくるではないか。つんと立った蕾をぐりぐりと強めによじりながら、フェルナンドは乳暈に息がかかるような近さでこう告げる。

「もう限界か？　だが、まだこれからだ」

そういう自分こそ、下肢が滾《たぎ》っていて限界なのだが、もっと気持ちよくさせてやりたい。

フェルナンドは背を撫でるように手の位置を下げて腰を支え、もう片方の手をドレスの裾から侵入させて太ももをつかんで広げる。太ももにはもう滴りが伝っていて、奥に向かって手を這《は》わせると、行き止まりは蜜にあふれていた。

——俺のこと、こんなに欲しがってくれていたんだな。

そう思うと、この蜜まで愛《いと》おしく感じられ、気づけばフェルナンドはテーブルの前でひざまずいて、太ももを舐め上げていた。

プリシラが、何かに耐えるように、ぎゅっと目を瞑り、太ももをびくびくと痙攣させている。見上げれば張り出した乳房が揺れていた。

フェルナンドはスカートをめくり上げる。蜜を滴らせた花弁は薄いピンク色で、物欲しそうに震えている。

「プリシラは、ここも美しい」

フェルナンドは、彼女の太ももを自身の肩にかけると、花弁を舐め上げ、花芯を歯で引っかけて可愛がった。

「んんっ」

びくんと、ふたつの太ももが跳ねる。

――もっと、もっとだ。

フェルナンドは、以前プリシラが胸と秘所を同時に触られたとき、すごく感じていたのを思い出した。隘路に自身の分厚い舌を押し込むと、両手を伸ばして、下から掬《すく》い上げるように乳房を覆い、親指で中央の突起を何度も強く押しては弾く。

これを繰り返すと、プリシラが腰をくねらせるようになった。

「だ、だめぇ……わた……し……どこか……飛んで……いく……！」

「達《い》くときは、ともに」

舌を引っ込め、今度は蜜を啜《すす》るように秘裂を吸いながら、フェルナンドは胸の愛撫を続ける。

プリシラは喘ぎ声が止まらなくなっていて、快感を逃がそうと、フェルナンドの頬に太ももをすりつけてくる。フェルナンドの欲望もまたトラウザーズの中ではちきれそうになっていた。

「あっ！」と、プリシラが小さく叫んだあと、彼女の躰から力が抜けていく。

——快感を高めすぎたか。

「待て。今すぐ与えてやるから」

フェルナンドは自身の前立てをゆるめながら立ち上がった。細腰をつかんで固定し、亀頭をねじ込む。こじ開けるように入った狭い路《みち》だが、あふれる蜜のおかげで、すべるように根元まで押し込めた。華奢な躰で、こんなに大きくなった自身を呑み込むのかと思うとますます滾ってしまう。

最奥までみっちり塞いでいるというのに、フェルナンドはもっと近づきたくて、気づけば腰を退《ひ》くことなく何度も押しつけていた。

もう喘ぐこともできなくなっているのか、プリシラは息を乱し、切れ切れの声で「ア、アロー……私……もう……」と、涙を浮かべ、すがるような眼差しを向けてくる。

——俺のこと、好きすぎだろう！

まとわりつく襞《ひだ》を振り切るように、フェルナンドは半ばまで抜くと、再び一気に最奥まで穿つ。それだけでもう爆ぜてしまいそうだが、なんとか耐えて、再び腰を退く。そのたびに、白い乳房が揺れる。

プリシラの広々とした居室は今、律動のたびに立つ卑猥《ひわい》な水音と、彼女の甘い啼《な》き声で満たされていた。

抽挿を繰り返していくうちにフェルナンドは、はぁはぁと息が荒くなっていく。目の前で上下する蕾を捕えるように口に含み、吸う。

「あっ！　だ……めぇ！」

プリシラが小さく叫ぶと同時に、怒張を咥え込む蜜壁が一層強く彼自身を圧するようになる。

「プリシラ！」

フェルナンドがテーブル上のプリシラをぎゅっと抱きしめたとき、彼女の躰から一気に力が抜けた。

「俺も……ともに」

フェルナンドは中に熱いものを注ぐ。

プリシラはぐったりと、フェルナンドの腕に身を預ける。その口元はゆるんでいて、フェルナンドの心に幸せが広がっていく。

だが、すぐにクレメンテのことが頭をよぎった。

プリシラの服を元通りにしてベッドに寝かせると、フェルナンドはつづれ織りの隙間から窓外を見やる。

クレメンテは、もういなくなっていた。

――大人しく帰ったのならいいが……。

フェルナンドはしばらく、彼女のそばから離れないことにする。その晩は、プリシラとカルメラが寝る居室の扉の前、回廊で藁布団に包《くる》まって眠った。

第六章　ただ肉ジャガが食べたかっただけなのに

翌朝、溜池の近くには、甲冑に白い布をかぶせた、てるてる坊主のようなかかしが並んでいた。そんな中、百人もの騎士たちが馬に犂《すき》を引かせている。彼らは農夫のような格好をしていて到底、騎士には見えない。

それなのに、アローだけが兜と甲冑をつけて、あぜ道を歩きながら、ロドリゴのアドバイスを騎士たちに伝えている。

プリシラは、ふたりのほうに近づき、アローに声をかけた。

「せめて兜ぐらい脱げばいいのに」

「いや。仲の悪い騎士団に襲われたら困るから」

兜の中からくぐもった声がする。兜と話しているようで変な感じだ。

「そんな危険があるのに、仲間を連れてきてくれたの？　ありがとう。しかも、こんなにたくさん！　アローは人望があるのね？」

「いつも助け合っているんだ」

「私、ロドリゴと邸に戻って、お昼の肉ジャガを作ってくるわ」

プリシラがロドリゴを連れ出そうとすると、アローがこんな提案をしてくる。

「私も手伝おう。というか、開墾のアドバイスはロドリゴにしかできないのだから、ロドリゴに、ここに留まってもらったほうがいいだろう」

「それもそうですね」

ロドリゴに賛同され、アローが騎士たちに向けて声を張る。

「みんなー、これからは、こちらのロドリゴ先生の指示で動いてくれ」

「おー！」

騎士たちが一斉に雄叫びで応じた。

プリシラは、アローに問う。

「皆を護らなくて大丈夫なの？」

「……皆より、プリシラを護ることのほうが大事だ」

「昨晩、回廊で見張ってくれていたし、仲の悪い騎士団は、よほど性質《たち》が悪いようね？」

「そうなんだ。それにこれだけの人数分のニクジャガとなると、相当な量だ。俺のほうが力持ちだし、種まきはロドリゴ先生に任せたほうがいいだろう？」

「それもそうね。すごく助かるわ」

「味見をしたいだけかもしれないぞ？」

兜の下でアローが笑っているような気がした。

崖崩れで道が塞がれ、邸へ行くには遠回りの林道しかなくなっている。

だが、今はむしろ幸運に思えた。陽を浴びてきらめく緑の中でアローと並んで歩く時間は、いくら長くなってもいい。

アローが兜を外し、指笛を吹いた。

すると、どこからともなく鷹が舞い降りてくる。何回か餌付けしていくうちに、だんだん見分けがついてきた。これは雌のコンチャのほうだ。

コンチャがアローの肩に留まると、彼は腰の袋から包みを取り出した。

「これをコンチャにやってくれ」

プリシラが受け取って中を見ると、いつもの干し肉ではなく、小さな焼き魚がたくさん入っていた。

「これ、どこで手に入れたの？」

「昨日、溜池で獲って焼いておいたんだ」

「まあ。いつの間に」

プリシラが焼き魚を摘まんでコンチャの口に持っていくと、次々と飲むように食べた。

「コンラドはどこに？」

「二羽の名前、覚えてくれてるんだ。うれしいな。コンラドは今、友人のところにいる」

「どこに行ってもちゃんと戻ってくるなんて、すごく頭がいいのね」

「コンチャとコンラドは特別さ」

アローの肩に乗るコンチャがうなずくように首を縦に振った。

「人間が話していることがわかっているみたい」

プリシラはコンチャの顔をのぞき込んだ。

すると、コンチャがじっとプリシラの顔を見つめてくる。まるでプリシラの顔を覚えようとしているかのようだ。

――それにしても、焼き魚を提げていたとは……。

プリシラはぴかぴか光る彼の甲冑の腰に目を落とす。そこには剣を下げるための剣帯とは別にもう一本、腰バンドがあり、小さな革袋がふたつ下がっている。

「もうひとつの袋にも鷹の餌が入っているの？」

「さすがに餌用の袋はひとつだけ。もうひとつにはペンとインクと紙が入っているんだ」

「まあ。筆まめさんなのね？」

アローが、プリシラを愛おしげに見つめてこんなことを言ってくる。

「いつか君に手紙を書こう。愛している、君のことばかり考えているって」

「も、もう……こんな白昼に……」

「白昼だけじゃない。四六時中そう思っているよ」

「そ……そんなの、私もなんだから！」

顔がどんどん熱くなる。

「プリシラもなんだ？」

アローの瞳が艶めき、腰を抱き寄せてくる。顔が傾き、唇が重なった。プリシラは甲冑の背に手を回し、彼の舌を受け入れる。唇が離れても透明な蜜が糸のようにふたりを繋いでいた。その糸さえも、陽の光で輝いている。

アローの肩に乗っているコンチャが顔を彼にくっつけて、じっとプリシラを見てくるものだから、プリシラは笑ってしまう。

「どちらとキスしているのか、わからなくなるわ」

「できれば、俺としてほしいな」

冗談めかしてそんなことを言いながら、アローがプリシラの片方の三つ編みを手に取ってくちづける。そこには赤いリボンがついていた。

――そうだわ！

プリシラはもう片方の三つ編みの赤いリボンをほどいて、アローに差し出す。

「これ、よかったら腕につけて」

「これは、もしかして……『はなむけの赤』？」

この世界の騎士たちには、お守りとして赤い帯やリボンを腕につける慣習がある。

「ええ。その仲の悪い騎士団と戦うようなことがあっても、無事でありますように」

自分から口に出しておいて、プリシラは縁起でもないことを言ってしまったと後悔した。

彼が戦って命を落とすような場面を想像して身をすくませる。

そんなプリシラの心中に気づくことなく、アローが上機嫌でこう言ってきた。

「結んでくれないか？」

プリシラは気を取り直して、彼の腕甲《わんこう》に赤いリボンを巻く。

それを見て、アローが満足げに口の端を上げたので、リボンを、はなむけにしてよかったと思い直した。

しかも、アローはおもむろに屈んで、路傍に咲くアルメリアを何本か摘むと、リボンをなくした片方のおさげを長い茎で縛り、赤い花を飾りにした。

「お礼だ。プリシラは、リボンもいいが、花も似合う」

新緑の中、彼の若葉のような瞳が細まる。その眼差しは慈愛に満ちており、このときばかりは世界がきらめいて見えた。

「行こうか」

「そ、そうね」

これから大量の肉ジャガを作るというのに、うっかりアローに見惚《みと》れてしまった。

再び歩き始めると、すぐに邸が見えてくる。

――もっともっと遠回りしたかったのに！

邸では、軒下のテーブルでカルメラがパンをカットしている。すぐに、プリシラとアローに気づいた。

「お帰りなさいませ。ロドリゴはいかがしました？」

「ロドリゴには、田んぼで開墾の指導をしてもらったほうがいいと思って」

「それもそうですね」

そう答えると、働き者のカルメラは再び作業に戻る。彼女は朝から騎士百人分のパンを作っていた。

厨房に入ると、アローが甲冑を脱ぎ出す。腕甲を外すとき、リボンをほどいてプリシラに渡してくる。

「リボン、巻き直してくれる？　いつも身につけておきたいんだ」

「喜んで！」

いつも身につけておきたいという言葉を頭の中で何度も反芻《はんすう》しながら、プリシラは鎖かたびらの上から、腕にリボンを巻いた。

その間に、アローは甲冑を全て脱ぎ終わる。

――鋼鉄の甲冑より、こういうラフな感じのほうがかっこいいわ！

そんなミーハーなことを思ってドキドキしていると、アローがこの邸で最も大きい、子どもが座れるくらいの鍋を出してきた。これは醤油に火入れするために特注した鍋だ。

「このくらいの大きさがないと百人分のニクジャガは無理だろう」

「私、いつもの鍋で少しずつ作ろうと思っていたの。これなら一気にできるわね」

アローが、巨大な鍋をひょいと持ち上げ、かまどに置き、下にある焚口《たきぐち》の薪に火を点けてくれた。

具のカットなど下ごしらえは済ませてあるので、あとは炒《いた》めるだけだ。

ここに来て、えんどう豆がないことに気づく。

「あら。えんどう豆を入れて緑を加えようと思っていたのに……」

「俺が採ってくるよ」

「ごめんなさい。でも、アローならすぐね」

「ああ。えんどう豆なら切らずに、そのまま入れたらいいし……二百本ぐらいならすぐ採ってこれるさ」

「ありがとう。その間にほかの食材を炒めておくわね」

「やけどしないよう、気をつけて」

小さく手を振って、アローが厨房から出ていった。

材料をそろえるのを忘れるなんて、普段、食のことばかり考えているプリシラにはあまりないことだ。オラーノ王が亡くなったことで動揺しているのだろうか。

――いえ、王には悪いけど、違うわ。

昨日、クレメンテと話して、この邸にずっと居座るわけにはいかないと感じたせいだ。どのみち、アローだって身の振り方を考えないといけない。王が亡くなったなら、武芸競技大会は開かれないだろう。

とはいえ、アローはここで農夫の仕事をするような人間ではない。

――でも、大局を見てらっしゃるお父様が一介の騎士に領土を渡すとは思えない……。

ひとりになると、とたんに、そんな不安が広がっていく。

鍋が熱くなってきたので、プリシラは豚の脂肪を鍋に落とし、へらを使って油を塗っていく。

物音が立ったので、アローが戻ってきたのかと思って振り向くと、そこにはクレメンテがいた。どこか疲れた様子だ。

「クレメンテ……王城に戻ったんじゃないの？」

「今すぐ、うちの城に来てください」

「今すぐ？　これを見てよ。これから肉ジャガを作ろうとしているところなのよ？　クレメンテもぜひ召し上がって」

プリシラが笑いかけても、笑顔は返ってこなかった。

「いえ。ここは危なくなります。城に逃げてください」

「それよりも、そこのバケツに入っている肉をこの鍋に入れてくれないかしら？」

クレメンテが渋々という感じで、バケツを鍋の上で傾け、肉を入れる。プリシラはへらでかき回した。

「ニクジャガを作り終わったら、いっしょに城に来てくださいますね？」

言いながら、クレメンテが大きなかごに入ったタマネギを放りこんでくる。

「ありがとう。ニンジンとジャガイモもお願い」

クレメンテがニンジン、ジャガイモと、続けてかごから鍋へと移す。

「ありがとう。重いから助かるわ」

「ところで、こんなにたくさん……誰が食べるんです？」

「農夫たちよ。この間の崖崩れで水田の半分がだめになったから、新たに開墾しているの」

プリシラは木のへらで具材をかき回した。

「よくそんなに農夫が集まりましたね？」

「いい伝手《つて》があって。あとは、えんどう豆だけ。一旦、火を止めて話を聞くわ」

「えんどう豆？　誰かが採りに行っているのですか？」

「そうなの。騎士をスカウトして農作業を手伝ってもらっていたんだけど、とても仕事が早いので、私もロドリゴも助かっているのよ」

「プリシラ様、もしかして、あの男《ひと》のこと、本当に騎士だと思ってらっしゃるんですか？」

「え？　もしかして……農夫なの？」

——それだと、いよいよ身分違いになってしまうわ。

そのとき、なぜかクレメンテが小さく笑った。

「火を消すので、少しかまどから離れていただけますか？」

クレメンテが燃える薪に平たい陶器をかぶせて火を消すと、すっくと立ち上がって、プリシラの腕をつかんだ。

「プリシラ様……騙されていたんですね？」

「え？　騙す？」

——アローは偽の騎士ってこと……？

いよいよ結婚が遠のいてしまう。

——こうなったら農婦になって、今世でも、もぎたて野菜レストランとかそういう店をやればいいわ！

「かわいそうに」

正直、プリシラにとって、この世界の身分なんてどうでもいいので、全然かわいそうではないのだが、身分を偽られたら、憐れまれるものなのだろうか。

それなのに、クレメンテが抱きしめてくる。

「あの……クレメンテ？　いきなりどうしたの？」

そのとき物音がして、兜だけかぶったアローが現れる。甲冑は身に着けておらず、鎖かたびら姿に兜という奇妙な格好だ。

アローが、えんどう豆で山盛りになったかごをゆっくりと下ろすと、目にも止まらぬ速さで剣を抜く。金属音が立つと同時に、クレメンテの喉に触れるか触れないかというところに刃先が来ていた。

「ここから出ていけ。二度と戻ってくるな」

「え、ちょっと、アロー、この方はね、この村を貸してくれている方なのよ！」

「アローだって？」

いぶかしげにそう言いながら、クレメンテが後退《あとずさ》る。

アローが叫んだ。

「プリシラ、この男から離れろ」

クレメンテが刺されそうになっているのに、離れるわけにはいかない。プリシラは敢えてクレメンテの前に出て両腕を広げて立ちはだかる。

アローが冷たい眼差しでプリシラを一瞥《いちべつ》したあと、まっすぐクレメンテを見据えた。

「クレメンテ、ここから去れ。これが最後の警告だ」

「わかりました。あなたなら決してプリシラ様に危害を加えないでしょうから」

「もしかして、ふたり、知り合いなの？　そうだとしても兜をかぶっているのに、よくわかったわね？」

――まさか仲の悪い騎士団って、王妃《わたくし》の騎士団のことじゃないでしょうね？

クレメンテが肩をすくめた。この所作が何を意味しているのか、プリシラはとらえかねる。

「プリシラ様もそのうち気づきますよ」

「気づく……？」

クレメンテがプリシラに視線を合わせて、腰を落とす優雅な辞儀をした。

「では、また。今度は迎えにまいります」

「そんな必要はない」

アローが剣を構えたまま一歩踏み出すと、クレメンテが「失礼します」と、去っていった。アローが彼を追うように厨房の外に出る。

「ちょっと、アロー！　クレメンテに何かしたら絶交よ！」

プリシラは回廊まで出てそう叫んだ。

しばらくすると、アローが戻ってきた。クレメンテが去るのを見届けたかっただけのようだ。

アローが兜を取って調理用のテーブルに置いた。猛烈に機嫌が悪い。口を噤んだまま厨房の扉を閉め、閂をかけた。

大きな手でプリシラの片頬を覆うと、憎々しげにこう言ってくる。

「プリシラ……頬を赤らめて……君は、騎士なら誰にでも色目を送るのか？」

——さっきクレメンテに抱きしめられていたから、怒っているのね。

とはいえ、あんなのは友だちとやるような軽いハグだ。

「肉ジャガを作るのを手伝ってもらっていただけよ」

「へえ？　抱き合って作る必要があるとでも？　じゃ、今度は俺と抱き合いながら作ったらいい」

アローが剣を床に叩きつけるように落とした。鋭く冷たい音が響く。

プリシラは力づくで腰を引き寄せられた。彼の鋭い眼差しを目の当たりにして怖気《おじけ》づき、逃げ出そうと背を向けたが、背後から腹を抱きしめられる。

背に、アローが躰を押しつけてくる。逃がさないとばかりに耳にかぶりついてきた。

「あいつの慰み者になるかわりに、この邸を使わせてもらっているのか？」

「そんなわけないでしょ！」

「なら見返りもなく抱き合っていたとでも？　俺としたみたいに」

乳房を覆う布をずり下げられ、激しく胸を揉みしだかれる。

「やめてよ！」

「……感じてしまったと言ったな？　君が感じるのはいつだって俺だけだ」

スカートの中に手を突っ込まれ、プリシラは逃げようとしたが、調理用の細長いテーブルにぶつかる。

「プリシラ……愛しているんだ」

スカートをめくり上げられたかと思うとすぐに、秘所を生温かいものでぬるりと舐め上げられ、プリシラはテーブルに手を置き、びくんと臀部を突き出す。

「いい眺めだ……そうやって感じていたらいい」

アローはいつの間にか、ひざまずいていて、秘裂に舌を押し込んでは、わざと水音を立てて強く吸ってきた。

「あぁ！」

「そういえば、ここも弱かったな」

舌で秘所をいたぶりながら、アローが手を前に回し、指で蜜芽をほぐしてくる。

「んっくぅう……くぅ」

プリシラはもう手で自身を支えられなくなっていて、テーブルに突っ伏し、腰をがくが

くとさせた。瞳に涙がにじむ。

アローが、ちゅうっと、ひと際大きい音を立てて秘所から唇を離すと、「こんなに濡らして、俺を欲しがっている」と、指を押し込み、じゅぶじゅぶと蜜をかき出してくる。

「あ……はぁ……あっ」

心は怒っているのに、躰が勝手に感じている。アローに官能を植えつけられ、彼に触れられただけで悦《よろこ》ぶような躰になってしまった。

だが、プリシラは最後の力を振りしぼって呻くようにつぶやく。

「アローのこと……好きだったのに」

「だった……？　俺のことが嫌いになったとでも？」

「もう嫌い、大嫌い！　離れて！」

プリシラはそう叫ぶと同時に熱いものが込み上げてきて、瞳から涙をこぼした。

「あいつに何か言われて嫌いになったのか？」

――アローがこんなことを言うなんて。

「アローだって私のこと、好きじゃないでしょ！」

「好きだ。愛してる。こんな感情を持ったのは、プリシラにだけだ」

「好きなら、どうして！」

プリシラは顔を振り向かせる。頬には涙が伝っていた。

「どうして、私のいやがることをするの？　私が言うことを信じてくれないのよ！」

アローの動きがぴたりと止まり、攻撃的だった眼差しに狼狽の色が宿る。

「プリシラの言うこと？」

「そうよ。手伝ってもらっただけって言ったでしょう⁉　クレメンテのこと、なんとも思ってないのに」

アローが、プリシラの頬に手を伸ばし、その無骨な親指で涙を拭う。

「……悪かった。君はいつだって、誠実で、正直だったのに……頭に血が昇っていた」

ぽつりと言うと、プリシラの乱れたドレスをもとに戻す。踵を返してかまどに向かい、薪にかぶせられた陶器を取り出し、火をくべる。

アローはかまどの前で中腰になり、黙って火を見つめていた。

「鍋が大分、熱くなってきた。えんどう豆、もう入れていいか」

「……ええ。お願いするわ」

アローが大鍋の上でかごを傾け、採ってきたえんどう豆をざざーっと一気に流し入れると、木べらでかき回し始めた。

「火は通ったけど、調味料とかは俺、よくわからないから、頼む」

「わかったわ」

プリシラは、アローがかき混ぜているところに砂糖をまいた。その後、醤油や白ワインなどを合わせた調味料を回し入れ、アローがさらに混ぜて、無事、大量の肉ジャガが完成した。

いつもならお互いの手を合わせて喜んだところだろうが、ふたりとも口を噤んだままだ。

「俺、この鍋をそのまま運んで、あっちで配るよ」

アローが甲冑を身に着けて兜をかぶると、大きな鍋を抱えて出ていく。

急に緊張の糸が切れたのか、プリシラは椅子にへたり込んだ。

アローの言った通りだ。こんなふうに乱暴に扱われても、プリシラは気持ちいいと思ってしまった。

——顔も知らない夫にだって感じてしまったぐらいだもの。

さっきだって、好きでもない男に、抱きしめられて抵抗しなかった。尻軽だと思われても仕方ない。

——いえ、待って。

亡き夫とアロー、あまりに体型が似すぎではないか。男といえば夫しか知らないから、そんなものかと思っていたが、着服の上からとはいえ、クレメンテは匂いも躰の厚みも背の高さも全て違った。

——なぜ私、気づかなかったの！

王は落馬で亡くなったというが、アローだって崖から馬とともに落ちてきた。

『君が感じるのはいつだって俺だけだ』というのは、そういう意味だったのではないか。

そして、クレメンテの含みのある言葉――。

『……騙されていたんですね？』

――クレメンテ、私、やっと気づいたわ。

王は、顔がわからないのをいいことに、ランカステル公領を取り返すために、騎士としてプリシラに近づいたのだ。

――私ったら……まんまと！


フェルナンドは兜をかぶったまま、騎士たちに持たせた木の椀《わん》に、ニクジャガを盛ってやっていた。受け取った騎士たちが皆、美味い美味いと食べている。

だが、これっぽっちもうれしくない。おいしそうに食べる騎士たちの顔を見て喜ぶはずだったプリシラがここにいないからだ。

――プリシラ、みんな美味そうに食べているぞ。

そのとき、遠くを滑空するコンラドが目に入った。コンラドは近づくと急降下してフェルナンドの肩に留まる。脚に紙がくくられていた。

その紙を広げると『ＰがＢへ百』という文字とともに、想定されるルートが絵で描いてあった。つまり、王の死を既成事実にするために、ペドロの騎兵百騎が、このルートで、ブエナフエンテ伯領に向かっているということだ。

——俺が、ここにいるのが知られたということか。

だが、百騎は、王の騎士団と相見《あいまみ》えるには少なすぎる数である。王が単独行動をしているという古い情報で動いているとしか思えない。『疾風騎士団』の精鋭百人が集結しているのを把握していたら、この何倍もの騎兵を寄越したはずだ。

フェルナンドは、腰ベルトに吊《つ》り下《さ》げた革袋からインクとペンを取り出す。

『俺が百騎で返り討ちにしてやる。その後、王城に向かうので援軍を頼む。ただし、ラウルは別行動で、プリシラをブエナフエンテ伯城に避難させてくれ』

こんな内容を暗号に変えて書いた。

フェルナンドはコンラドにニクジャガの肉を与えると、脚に紙片をくりつけ、空に放つ。

すると、今度はコンチャが、肩に乗ってきて、自分は出かけなくていいのかと問うように首を傾けた。

フェルナンドは少し逡巡《しゅんじゅん》してから、もう一通、書くことにする。

出だしは『我が最愛の王妃、プリシラへ』。

伝えたいことがありすぎて、紙片が小さな字でぎっしりと埋まった。

コンチャは、ここのところプリシラにしか餌やりをさせていない。それは、こんなふうに離れるようなことがあったときのためだ。フェルナンドはコンチャにも肉をやると、脚に紙片を巻き、空に飛ばす。

彼は愛馬ブラスから、パンを積んでいたかごを外してその背に跨《また》がった。こうすれば高い位置にきて、地上で休憩している騎士たちから顔が見えやすくなるからだ。

顔を覆う面頬《めんぼお》を開け、フェルナンドは剣を天に向けて掲げた。

「我が優秀な騎士たちよ！　オラーノ王グラセス二世は生きてここにいる！　余を殺すために、ペドロの騎士団がこちらに向かっている。今こそ、徹底的に叩きつぶし、ペドロを王城から排除するときだ。いいな！」

最初は皆、フェルナンドの顔を見て、亡霊でも見たように驚いていたが、すぐに「おー！」と気勢を上げた。皆の顔には喜びが満ちあふれている。

「甲冑を身につけ、馬に跨れ！」

王の命令に、皆が一斉に、かかしにしていた甲冑のほうに駆けていく。

「アロー？」

そのとき、プリシラの声がして振り返ると、プリシラがロドリゴとともに立っていた。

プリシラが、信じられないものを見たように、目を見開いて固まっている。

こんな形で、彼女に正体がばれてしまった。

「これから戦いになる。早く邸に戻るんだ。俺の腹心のラウルという赤髪に青い瞳の男が間もなくプリシラを迎えにいく」

フェルナンドはプリシラの後ろで目を剝《む》いているロドリゴを見据えた。

「ロドリゴ、今、おまえを騎士に叙任する。プリシラを邸に連れていってくれ。ラウルが着くまでの間、我が王妃、プリシラを守るように」

フェルナンドが腰の短剣を鞘ごと外してロドリゴの近くに放ると、ロドリゴが動揺を隠せない様子で「え？　我が王妃？　え？　アローが国王陛下？」と、つぶやきながら短剣を拾う。

プリシラが鋭い眼差しを向けてくる。

「やっぱり、あなたが……王だったのね」

「そうだ。……君が大嫌いな男だ」

「いいえ、嫌いじゃなかった。嫌いになる機会も与えられなかった。嫌いになったのは今よ！　連れ戻すために騎士のふりなんかして！　妻を騙すなんて最低だわ！」

確かに、そういうとらえ方もできる。

「騙そうとしても、さすがに崖から落ちたりできない。これは偶然なんだ」

「たとえそうだったとしても、私が王妃だと気づいた時点で明かせばいいじゃないの！」

「それは……」

——俺はただ、君に好かれたかっただけなんだ！

「陛下、皆、準備ができました」

ラウルの副官が馬で近づきながら、大声で告げてきた。ほかの馬も犂を外され、甲冑姿の騎士が跨っている。このときばかりは、『疾風騎士団』の素早さを呪った。

フェルナンドはプリシラに視線を戻す。

「続きはあと……俺が生きて帰ってきたあとだ」

そう告げると、フェルナンドは馬を騎士たちのほうに向ける。

「我が忠実なる騎士たちよ！　皆が農夫に身をやつしてくれたおかげで、ペドロは、ここに余しかいないと思って油断している。我々は必ず勝利するだろう。だが、問題は勝ち方だ。敵方はたとえひとりでも逃してはならぬ！　この田に侵入を許すな！　絶対にだ‼」

「おー！」

長閑《のどか》な山間《やまあい》に雄叫びが響きわたる。馬が駆け、砂埃が立つ。


一団が視界から消えるまで、プリシラはロドリゴとともに立ち尽くしていた。

「プリシラ様……邸に戻りましょうか？」

ロドリゴに声をかけられ、プリシラはようやく我に返る。

「そうね。ここは危険だわ」

先ほどうきうきとアローとともに歩いた林道を、今はロドリゴと無言で歩く。しばらくして、ロドリゴがプリシラのほうに顔を向けてきた。

「リボン、なくされたんですか？」

花がついているほうの三つ編みを指差してくる。

——そういえば、アローにリボンをあげたんだったわ。

ついさっきのことなのに、ずいぶん前のことのように思えた。

「アローにあげたの」

ロドリゴがためらいがちに、こう聞いてくる。

「……プリシラ様、本当に気づいていなかったのですか？」

「さっき、クレメンテが来て、兜をかぶったアローに意味深なことを言っているのを聞いて……ようやく」

——アローが兜を外さなかったのは、顔を隠すためだったんだわ。

それなのに、アローが王だと、クレメンテはなぜ気づけたのだろうか。

「国王陛下は……プリシラ様に、本当にちらっとも顔をお見せにならなかったんですね」

ロドリゴが呆れたようにプリシラを見てくる。

「ほんと、そこよ！　ひどい夫でしょう？」

「ええ。政略結婚とはいえ、王自らご決断されたことでしょう？　何がしたいのか……夫として、ひどいです。ですが、アローはいいやつでした。いえ、今となっては、いいお方でしたと言うべきでしょうか」

——そんなの、私だって知ってる。

あれは土砂崩れが起こったあとのことだ。熱が下がったのを確かめるために、アローがプリシラの額を手で覆ってきた。

あのときの彼の慈愛に満ちた眼差しといったら——。

だが、今思えば、あれは偽りの優しさだった。

心から愛していると思える人にやっと出逢《であ》えたのに、最初から、その人に裏切られていたのだ。

——好きだった分、これはきついわ。

「アローは……いい人を演じていただけでしょう？」

普通にしていても笑っているように見えるロドリゴが、今回ばかりは真剣な眼差しを向けてくる。

「本当にそうお思いですか？　アローは……今思えば国王陛下ですが、彼は、プリシラ様がいらっしゃらないところでも、重い物があれば、力持ちだからと率先して持ってくれたし、汚れそうな仕事でもいやな顔ひとつせず、ものすごい勢いでこなしてくれましたよ」

プリシラは胸が熱くなる。そうだ。アローはそういう人だった。だから、プリシラは好きになったのだ。

「そうね。いい人なのは、演技ではなかったのかもしれないわね」

ロドリゴがニッと笑った。

「ただし、優しかったのは私たちにだけです。プリシラ様に対しては、全然いい人じゃなかったですよ。それでおふたり、よく口げんかしていたじゃないですか？」

「そういえば……」

——だんだん私のことを好きになって、それで態度が変わっていったってこと？

さっきまで死んでいたときめきが蘇りそうになったところで、ロドリゴが熱を帯びた眼差しを向けて、こんなことを言ってくる。

「私ね、ニクジャガを食べてから、アロー……いえ、国王陛下は変わったと思うんですよ」

「え？　そこ？」

「そこですよ」

ロドリゴに真顔で答えられ、プリシラのときめきは、しゅるしゅるしゅるしゅると急激に萎《しぼ》んでいく。

さすが男心をつかむナンバーワン料理。

――って、そんなわけないでしょ！

プリシラは、まじめに悩むのがあほらしくなってきた。

「ロドリゴ、お昼も肉ジャガだったけど、夜はどうする？」

「夜もニクジャガで！」

「ロドリゴは本当に肉ジャガが好きね」

「ジャガイモのバターショウユ炒めと卵かけごはんにも最近はまっています！」


夜になり、二階の広間で、三人で食卓を囲んだ。

――いつも四人だったから、少し、寂しい……。

ロドリゴとカルメラも同じかと思いきや、そうでもないようだ。ロドリゴが興奮した面持ちで、王が出立したときの状況をカルメラに話している。

「何に驚いたって、あのアローが、自分のことを〝余〟って言ったんですよ。ね？　プリシラ様もお聞きになったでしょう？」

ロドリゴにとっては、王がアローだったというより、アローが王だったという驚きのほうが大きい。

「ええ。そうね。でも、もともと偉そうだったわ」

――よく考えたら、この邸の女主人である私にも、失礼なことを結構言っていたもの。

「私たちには、全然偉そうにしていませんでしたよ？」

カルメラが意外そうに言ってきた。

――何これ、私が狭量みたいじゃないの。

「私には態度が大きかったわ」

カルメラがロドリゴと顔を見合わせた。

「プリシラ様も、なぜかアローにだけはぞんざいに接してらっしゃいましたよ。名前が国王陛下に似ていて気に食わないからって、水田《アローザール》と呼び始めたときはどうしようかと……」

悪意のない顔でカルメラにそう言われ、プリシラは急に当時のことを思い出した。

好きなのにどうしてこんな態度を取るのかと、自分でも首を傾《かし》げるぐらいに、憎まれ口を叩きまくっていたのだ。

――もしかして……好きな子をいじめる男児ってああいう心理⁉

プリシラが自身の未熟さに頭を抱えたところで、扉を敲く音がした。いつの間にか、邸の二階まで侵入してきた者がいるということだ。

「曲者《くせもの》では⁉」

騎士に叙任されたばかりのロドリゴが、ここぞとばかりに短剣を掲げる。

――これ、却って危なくなるやつでは……。

扉の向こうから落ち着いた声が聞こえてきた。

「王妃陛下、私は国王陛下の騎士団長、ラウルです。お迎えに参りました。ここからは私が王妃陛下をお守りします。ブエナフエンテ伯は国王派ですから、城に移りましょう」

プリシラがのぞき穴から確認すると、そこには赤髪で青い瞳の騎士が、兜を脇に抱えて立っていた。顔の面頬を開けるだけではなく兜自体を外しているのは、そのくるくる巻いた赤髪を見せるためだろう。

プリシラはロドリゴのほうに振り向き、手を上下させて短剣をしまうように伝えてから、閂を抜いた。

「どうぞ、お入りください」

「王妃陛下、失礼いたします」

ラウルが丁寧に辞儀をした。しばらくこの尊称で呼ばれていなかったので、自分でない誰かに挨拶されているような気さえする。

「この匂いは……」

ラウルが空中の匂いを捕えるように顔を上向けた。

「晩ご飯を食べていたの。ジャガイモという冒険家が持ち込んだ作物と肉を炒めたものよ。食事もせずにいらっしゃったんでしょう？　よかったらごいっしょに」

「もしや、ニクジャガという料理ですか？　国王陛下から、ショウユという調味料で作ったニクジャガというジャガイモ料理が今まで食したどの料理よりおいしかったと聞いております」

――もしかしてロドリゴの言っていたように、肉ジャガで王を落としちゃったの、私？

「まあ。大げさだこと。いつも農作業でお腹がすいていたから、おいしく感じただけじゃないかしら」

同意を得ようとプリシラが食卓のほうに顔を向けると、ロドリゴが目を瞑って厳かに首を横に振ることで否定してきた。もはやニクジャガ教の信徒か何かのレベルに達している。

カルメラが席を立った。

「私がニクジャガとパンをよそってきます」

それなのに、ラウルが掌を見せて制してくる。

「いいえ、私はすぐに王妃陛下をブエナフエンテ伯城にお連れしなければいけませんので」

だが、プリシラたちはまだ食事を終えていなかった。

「あら、私、食事を終えるまでここを離れる気はないわ。私が食べ終わるまでにラウルが食べ終われば同じ時間しか使わないわよ？」

ラウルが困惑しながらも、テーブルにある食べかけの肉ジャガをちらっと見た。興味はあるようだ。

「あったかいうちにお召し上がりくださいな」

カルメラが肉ジャガとパンをよそった大皿をテーブルに置いた。

「では、お気持ちに甘えさせていただきますが……私を気遣って、ゆっくり食べたりなさらないでくださいね」

ラウルが、いつもアローが座っていた椅子に腰を下ろす。

「このニクジャガという料理で王妃陛下は世界を救おうとなさっているんでしょう?」

曇りなき眼《まなこ》でラウルに問われ、プリシラは肉ジャガを噴き出しそうになった。

「私が……世界を救う?」

――そういえば、最初、そんな出まかせを言ったかも……。

「国王陛下がそうおっしゃっていました」

――もしかして急に優しくなったのって……。

プリシラを救世主か何かだと勘違いしたのではないだろうか。

「私は……そんな立派な人間ではないわ」

プリシラはただ単に、肉ジャガと白いごはんが食べたかっただけの女だ――。

騙されたと腹を立てていたプリシラもまた、知らず知らずに王を騙していたのかもしれない。

「国王陛下は王妃陛下のことを、誰よりも素晴らしい女性だと心酔してらっしゃいました」

「どうして、そんなことがわかるの？」

「それはそうですよ。王城奪還の作戦のために呼ばれたのかと、いそいそと赴いたら、ひたすら王妃陛下の惚気《のろけ》を聞かされた挙句に、王城のことはどうでもいい、むしろこの邸でずっと暮らしたいと言われたんですよ⁉　これが国家のことしか頭になかった国王陛下かと……誰かに頭を乗っ取られたのかと本気で心配になりました」

「国家のことしか頭になかったの……？」

――いけない。また、ときめきがあふれてきちゃう。

カルメラが隣のロドリゴに顔を向け、こんなことを言い出す。

「アローが、プリシラ様に夢中なの、傍《はた》から見ていて丸わかりでしたよね？」

いきなり話を振られたロドリゴが食べていたものを勢い呑み込んだ。

「ええ。いつも、プリシラ様は料理が上手だと褒めていました」

カルメラに肘で突かれ、ロドリゴが慌てて言葉を継ぐ。

「もちろん、それだけではないです。アローの目はいつもプリシラ様を追っていました」

「それは……私も気づいていたけれど……」

ほかの人からもそう見えていたようだ。

――ちょっと待って！

いつの間にか、王への怒りが消えている。

それはそうだ。アローは〝とてもいいやつ〟で、意図的に妻を騙したりしない。それなのにプリシラは、妻を騙しただなんて、ひどい言葉を投げかけてしまった。

――私……もしかして、また好きな子いじめをしちゃったんじゃないの!?

父親から聞いたオラーノ王の評判が急に頭に浮かんだ。

『グラセス二世はいつも先頭に立って戦うから、彼の率いる軍は極めて士気が高い』

そのとき、プリシラたちを引き連れて水路から岩を押し出したアローと、騎兵を率いる王の姿が重なった。

「ラウル、王は……フェルナンドは、王弟を迎え撃つと、騎馬で駆けていってしまったけど……危険なことはないのよね？」

顔を上げたラウルは陶然として肉ジャガを咀嚼《そしゃく》していて、プリシラの表情を見て急に、はっとした表情になる。

「国王陛下は崖から落ちても生還されたぐらい不死身でいらっしゃいます」

「それは……たまたま落ちた先が溜池だっただけで……」

――そうよ。意図的に溜池に落ちるなんてありえないことよ。

どう考えても、王がプリシラに助けられたのは偶然だ。

「王妃陛下、国王陛下のことより、ご自身のことを心配なさってください。国王陛下が最も案じてらっしゃるのは王妃陛下の御身《おんみ》です」

そう言って残りの肉ジャガを頰に詰めると、ラウルが立ち上がった。

「ごひほうさまれした。参りまひょう」

ちょうどプリシラが食べ終わったので、焦って口に詰め込んだのだろう。

「忠実な騎士団長でいらっしゃるのね。わかったわ。参ります。ふたりもいっしょに来てくれるわよね?」

プリシラが腰を上げると、カルメラがすっくと立ち上がる。

「はい、もちろんです。プリシラ様の身の回りのお世話をさせていただきます。荷物をまとめてきますから」

カルメラが部屋を出ていった。

遅まきながら、のっそりとロドリゴが立ち上がり、頭をかく。

「私は……ここの生活が好きです。プリシラ様がお戻りになるまで、ここで畑仕事をしていたいです」

「ひとりで残ると言うの?」

「ええ。世話をしてやらないと畑は死んでしまいます。プリシラ様が戻られたときも、ちゃんと実が生《な》っているようにしたいのです」

プリシラは不意に涙がこぼれそうになる。

ロドリゴは前《さき》の伯爵夫人が亡くなったあとも、ひとり邸《ここ》に留まったと聞く。今の生活も終焉《しゅうえん》が見えてきたからこそ、できるだけここにいたいのだ。

「ありがとう。でも、万が一、ここが危険だと思ったら、すぐに逃げてね」

ロドリゴが無言でうなずく。口角は上がっていたが、その瞳はいつになく寂しげだった。


プリシラは邸を出て、ラウルが手にするランタンの灯りを頼りに、木枠の出口まで行くと、そこには四頭立ての、草花が描かれた優雅な馬車があった。

「城は歩いていける距離ですが、王妃陛下として入城していただくにあたり、ご用意いたしました」

「そう……でも、こんな服で大丈夫かしら？」

ここに来て以来、町娘のような動きやすい格好をしている。

「プリシラ様、荷物の中にドレスもございます！　馬車でお着替えしましょう」

両肩に大きなバッグを提げたカルメラが駆けつけてきた。その後ろで、大きな木製の櫃《ひつ》を抱えたロドリゴがよろよろと歩いている。

「ロドリゴ、やっぱり、いっしょに城に行かない？」

「いえ。私は畑の近くが落ち着くのでここにいます。城でジャガイモを食べたくなったら、いつでも採りにきてください」

ロドリゴがニカッと大きく口を開けた。

——ロドリゴはいるだけで、いつも周りを明るくしてくれた……。

「ロドリゴ、あなたがいてくれて、私本当に救われていたわ」

「私も楽しかったです。これからも、ショウユとジャガイモを作りたいです」

「私もよ。それだけは何があっても絶対、続けましょうね」

ロドリゴが豪華な馬車を見上げる。

「今度、プリシラ様とお会いするときは、王妃陛下とお呼びしないといけませんね」

「いやぁね。これからもプリシラと呼んでちょうだい」

ロドリゴが意を決したようにプリシラの顔を見つめてきた。

「あの……もしできたら……できたらでいいんですけど、厚かましいお願いなんですが……王城に戻られる前に、豚肉のカルダモン焼き、もう一度食べさせてもらえたりしませんでしょうか?」

「……もちろんよ」

声にならなかったかもしれない。なぜだか涙が込み上げてくる。この小さな農村で、四人で過ごした日々は本当に楽しかった——。

プリシラは、そんな想いを断ち切るように、馬車に乗り込んだ。

第七章　裏切り者は誰？

そのころ、クレメンテは王城の広間にいた。

ここは王弟ペドロの作戦本部となっている。そこになぜ、クレメンテがいるのかというと、王を倒すのは今だとペドロをそそのかしたのは、ほかでもない彼だからだ。

王の潜伏場所をクレメンテが知ったのは、皮肉にも昨日、王の死亡をプリシラに告げに行った帰りしなのことだ。


プリシラと頬と頬が触れるだけのハグをして居室を辞したあと、クレメンテは馬を隠している近くの林に向かった。木にしるしを付けたので、それを探しながら林道を歩いていると、道端で屈んでいる大男が視界に入る。

背格好が王に似ていて驚いたが、王は死んだはずだし、そもそも花を摘むような男ではない。とはいえ、ここらで見かけたことのない男なので、クレメンテは、ゆっくりと後退《あとずさ》り、木の後ろに回って身を隠す。

ほどなく立ち上がった男は、まぎれもなくオラーノ王だった。片手に花の束をつかんでおり、茎を紐で結ぶと、上機嫌で歩き出す。

クレメンテは道の脇に広がる林の中を、見失わないていどの距離を開けて静かに進んだ。

やがて王は『伯爵夫人の農村』の柵を慣れた様子で飛び越え、プリシラの住む邸へと我が物顔で入っていく。客としてではなく、明らかにここに住んでいる、迷いのない足取りだった。

クレメンテは近くの茂みに隠れ、プリシラの居室の窓を見上げる。

窓越しにプリシラの横顔だけ見えた。

——まさか……プリシラ様は王をかくまっている？

あんなに毛嫌いして王城を脱出したというのに、どういうことだ。

信じられないことに、そこに王が現れ、プリシラに花束を渡すと、背後から抱きしめた。

プリシラは全く抵抗していない。

しかも、王が窓辺まで来て、これから起こることを隠すかのように、窓に布を垂らした。

——ロドリゴだって何も言っていなかった。

ロドリゴもぐるなのか。

——まんまと騙された！

王も、プリシラもロドリゴも赦《ゆる》せない。

この農村は、クレメンテの亡き祖母のもので、それを貸してやっていたのだ。その見返りに、プリシラの躰をいただき、いずれランカステル公領を譲り受けるはずだった。

このままでは王城には帰れない。帰るわけにはいかない。とはいえ王がいる限り、プリシラに近づけそうになかった。

その夜は諦めて実家の城で寝て、翌朝、邸の庭に忍び込んだ。祖母の生前、泊まったことが何度もあるので、隠れるなど容易《たやす》いことだ。

だが、プリシラの近くにはいつも王がいる。

今朝も、カルメラひとりを置いて、ロドリゴと三人で出かけていった。昼前にプリシラが戻ってきたと思ったら、王が同行していて、ともに邸の中に入っていくではないか。

――どこまでも邪魔なやつだな……。

そう思い、諦めて帰ろうとしたとき、王が単身、邸から出て畑へ向かった。これは好機とばかりに、クレメンテは大急ぎで邸に入る。

厨房では、プリシラが巨大な鉄鍋を火にかけていた。

あまりの量の多さに、騎士団でもかくまっているのかと思ったが、話を聞いたところ、農夫を雇って開墾しているとのことで、クレメンテは胸を撫でおろした。

――プリシラ様は、いつも農作物のことばかり考えているからな。

彼女と話していくうちに、王が自身の身を明かさず、一介の騎士としてプリシラに接していることがわかる。

——そうやって、プリシラ様とよりを戻す気だな。

王妃を軽視して姿を見せなかったくせに、いざ逃げられると、今度は自分の外見を武器にせまるとは、全く腹黒な男だ。

足音が近づいてきたので、クレメンテは敢えてプリシラと抱き合っているふうを装う。嫉妬で顔を歪《ゆが》めたところを見たかったのだが、残念ながら王は兜をかぶっていた。クレメンテがここにいることを察知して、兜で顔を隠したのだろう。

クレメンテは王妃の騎士団長として、王に謁見したことがあるのだ。

王の不機嫌な声は収穫だった。

——やはり、オラーノ王はプリシラ様に惚れている。

花束を手に意気揚々と邸に向かう王の姿を見て、もしやとは思っていた。そんな彼にとってこの抱擁は赦しがたいものだろう。

——嫉妬心を剝《む》き出しにして、プリシラ様に愛想を尽かされればいい。

そこまで思い出して、クレメンテはようやく留飲を下げた。

今、彼の目の前で、ペドロが黄金の玉座にふんぞりかえっている。まだ即位していないというのに、もう王様気取りだ。

ペドロが傍らの小テーブルに酒杯を置いた。

「フェルナンドひとりに対し、我らは百騎。あいつがどんなふうに命乞いするのかと思うと、今から楽しみで仕方ないよ」

「本当に私も楽しみです」

クレメンテがほくそ笑んだところで、「殿下！　戦況のご報告です！」と、伝令兵が飛び込んできた。

「フェルナンド殿下が多くの騎兵を引き連れ、こちらに向かっています！　我が軍の第一陣百騎が戦闘で敗れました！」

ここではフェルナンドを王と呼ばない暗黙の了解があった。

「なんだと！」

ペドロが、血相を変えて叫んでから、ぎょろりと目を向けたのはクレメンテだった。

「おまえ、たばかったな！」

「え？　いえ。昨日は本当に、フェルナンド殿下しか父の領地にはおりませんでした」

「もともとおまえの父親は国王派だった！　ブエナフエンテ伯が兵を出したんだろうよ！」

「そんなわけは……誤解です。フェルナンド殿下がどこからか呼び寄せ……」

「首を刎《は》ねよ！」

——って、俺の首かよ！

ペドロの命《めい》を受け、周りの騎士たちが一斉に剣を抜く。

今、敵が向かってきているというのに、敵ではなく、クレメンテの首を斬ってどうするのだ。

「お待ちください！　父を説得してきますので！」

「そんなことを信じるとでも思っているのか？」

ペドロが呆れたように言ってきた。

「私が父と通じているとお疑いでしたら、なおさら私を生かしておく価値はございますよ。次男ではありますが、父にとっては大事な息子には違いありません。人質にでもなんにでもお使いください」

ペドロが得心したような表情になる。

「それもそうだな。この者を自室に連れていき、監視せよ」

——助かった。

地下牢《ちかろう》なら脱出できる自信がないが、軟禁ぐらいならなんとかなる。ランカステル公女の騎士団の希望者がどれだけたくさんいたか。その中で勝ち残るほどに、クレメンテは身体能力が高いのだ。

　自室に連行されたが、騎士たちは室内に入ってこなかった。回廊で見張るだけのようだ。

　クレメンテは棚から高級な羊皮紙を取り出す。ランカステル大公や父親に信書を送るときのために用意があった。

　何も書き込むことなく、その紙を丸めて封緘《ふうかん》紙を巻き、赤い蠟燭をあぶって実家の印璽を押した。印璽の模様までよく見る者などいないだろうが、見られたとしても、ブエナフエンテ伯爵家の紋章はオラーノ王家同様、獅子《しし》なので違いに気づかれないだろう。

　月のない闇夜にまぎれ、窓から脱出すると、まっすぐに厩舎を目指した。

　厩舎は無人だったため、難なく自身の愛馬に跨ることができた。蹄の音が立たないよう、馬をゆっくりと歩かせる。

　門番の前まで来ると、クレメンテは丸めた羊皮紙を掲げた。

「ペドロ殿下から、フェルナンド殿下に書状を渡すよう頼まれたんだ」

　門番はすぐに通してくれた。

　城門が見えなくなるくらい進むと、クレメンテは馬の速度を上げる。ブエナフエンテ伯領に入ると、どちらの騎士団とも出くわさないように、獣道《けものみち》へと分け入った。ここらは彼の庭のようなもので、両方の騎士団を撒《ま》くことなど朝飯前だ。

　——どっちが勝とうが、知ったこっちゃない！

もとの計画を実行するのみだ。プリシラを落として、最終的にランカステル公領を手に入れる。次男として生まれた以上、領主になるには、領地を持つ女相続人と結婚するのが手っ取り早い。

しかも、プリシラは公女だからといって気取ったところがなく、美人なうえに料理が上手ときた。

フェルナンドと同じく領地目当てだった彼もまた、結局のところ、プリシラに惚れてしまったのだった。


そのころ、プリシラはブエナフエンテ伯城にいた。

ラウルとともに入城すると、根っからの国王派であるブエナフエンテ伯爵はプリシラを王妃として歓待してくれた。伯爵は鳶色の髭をもじゃもじゃ生やした大きな熊という印象で、クレメンテの美貌は伯爵夫人譲りだとわかる。

歓迎の宴に誘われたが、プリシラとしては一度、王城から逃げ出した以上、王妃として扱われることに抵抗があり、「疲れておりますので」と、固辞した。

宴がないことで、ラウルが城外の様子を探りに行くことができたので、この選択は正しかったと思う。

プリシラにあてがわれた部屋は、嫁ぐために王城へ向かうとき泊まったのと同じ客間だった。窓辺に椅子を置いて外を眺める。今は暗くて見えないが、明朝になれば、『伯爵夫人の農村』が眼下に広がっているはずだ。

――アロー……いえ、フェルナンドはもう剣を交えているのかしら。

はなむけの赤いリボンを渡したとき、戦いで命を落とす場面が頭をよぎった。あのときの恐怖が蘇る。

――どうして私、行かせてしまったの⁉

戦いに出たら絶対に赦さないと言って、馬の脚にしがみついてでも止めればよかった。

そのとき、ノック音がした。

――フェルナンド⁉

プリシラが立ち上がると、「クレメンテです」と、声がした。

プリシラは閂を外す。

現れたクレメンテはいつになく、やつれた様子だった。

「こんな夜中にどうしたの？　さ、中へ」

それを見て、カルメラがお茶を用意し始める。

クレメンテは中に入ると扉を閉め、疲れた身を預けるように、扉に寄りかかった。しぼり出すような声でこう告げてくる。

「国王陛下がお亡くなりになりました」

プリシラは、何を言っているのかわからなかった。

ガシャンと、陶器が割れる音がしてプリシラは現実に引き戻される。

床にカップの欠片《かけら》が散乱していた。それに目を落とすことなく、カルメラが引きつった笑みを浮かべる。

「まさか……あのアローが?」

冗談はやめてと言わんばかりのカルメラの声がプリシラを冷静にさせてくれた。

——ほんと、縁起でもないわ。

「クレメンテってば、前もそう言っていたけど、あのときだって王は生きていたわ」

「今回ばかりは……残念ながら……」

クレメンテが差し出した手には血まみれの赤いリボンがあった。

プリシラは恐る恐るリボンを受け取る。黄色い花柄の部分も真っ赤になっていた。

そのとき、〝アロー〟が頭に浮かんだ。まるで目の前に彼がいるようだ。

プリシラが彼の鋼鉄の腕に赤いリボンを巻いて結ぶと、アローがうれしそうに笑った、あのとき——。

「前回は、崖から落ちたあと、プリシラ様が偶然お助けになりましたが、いつもそんな奇跡が起こるわけではありません。ペドロは王城の全ての騎士を動員しました。彼らが狙っ

ているのはただひとつ、王の首だけです。いくら王が剣の達人とはいえ、自身を過信してらっしゃったとしか思えません」

プリシラの頭の中で笑みを浮かべていたアローが消え、猛々《たけだけ》しくこう叫ぶ王が現れた。

『この田に侵入を許すな！　絶対にだ‼』

もしかして、王は、フェルナンドは、水田を守るために無理をしてしまったのではないだろうか。

プリシラは掌中のリボンに目を落とす。

——待って。私が最後に言ったのって……。

『嫌いになったのは今よ！　妻を騙すなんて最低だわ！』

——そうよ。そうだわ。あのとき私、すごく腹を立てていて……。

不意に、プリシラの瞳から涙が一粒こぼれ落ちた。

あれが最期《さいご》であっていいわけがない。プリシラが最期にフェルナンドに告げたのがあんな言葉であってはならない。

——フェルナンドは絶対、死んではいけない。フェルナンドが死ぬわけがない！

プリシラはリボンをぎゅっと握りしめ、クレメンテを見据えた。

「なぜクレメンテがこれを持っているの？　あなたは王に従軍していたわけではないわ」

「王城に戻ったところ、ペドロに国王派扱いされてしまいましてね。抜け出してこちらに向かっているときに出くわしたんです。深手を負っていらっしゃいました。国王陛下が、このリボンをプリシラ様にお渡しするようにと」

「う……嘘《うそ》です」

クレメンテが悲しげに微笑んだ。

「お認めになりたくないのはわかりますが……これが現実です」

プリシラのリボンを握る手がわななく。

――なんて臆病な私の手！

プリシラは自身の震える拳を諫《いさ》めるように、もう片方の手でぎゅっと覆う。

「嘘よ。では、その場所はどこ？　絶対に生きているわ」

「王都へと向かう山道です。ペドロの第三陣が近づいてくる直前でしたので、私はリボンだけ受け取って、その場を離れました」

「ほら、やっぱり。死んだところを見ていないじゃない。ラウルが何か知っているはずよ。探してくる」

プリシラが扉を開けようとすると、手首を取られる。

「危険です。ペドロの軍がいつ到着してもおかしくありません。そもそも、プリシラ様はあんなにも国王陛下を嫌っていらっしゃったではありませんか」

「それは……まだ王のことを知らなかったから……」

プリシラは手を振り切ろうとしたが、抱きしめられる。

「こんなときに……何をするのよ！」

思いっきり彼の胸を突っぱねたが、びくともしなかった。だが、プリシラはめげずに突っ張り続ける。

「今度こそ、死んだ王のことなど忘れて、私とともに生きてください」

「死んだとか、縁起でもないことを言わないでよ！」

そのとき、カルメラの「プリシラ様、鷹が！」という声がして、窓のほうを向くと、鷹が窓をコツコツと嘴で叩いていた。

「この鷹、いつもアローが可愛がっていた鷹ですよ！」

カルメラが喜びの声を上げた。

アローが王になった姿を見ていない彼女にとって、フェルナンドは今も〝アロー〟だ。彼女が鉄格子付きのぶ厚い窓を力一杯引っ張ると、飛び込んできた鷹はコンチャだった。

カルメラがこんなことを言ってくる。

「今思えば、アローはこの鷹を使ってラウル様と連絡を取り合っていたのでしょうね」

「いいえ、あの鷹はコンラドで、この鷹はコンチャよ」

そのとき、コンチャがクレメンテの頭を蹴ったものだから、プリシラを抱きしめるクレメンテの手がゆるまった。

今がチャンスとばかりに、プリシラがクレメンテを振り切って窓のほうに逃げると、コンチャが肩に近づいてきたので、プリシラは腕を地面に水平に伸ばす。コンチャが上腕に留まった。クレメンテを蹴ったのはおそらく、プリシラの肩に乗ろうとして邪魔だったからだ。

コンチャの脚には紙片が巻かれていた。

「きっと、プリシラ様に無事をお知らせしようとしているんですわ」

カルメラが明るい声を出したが、プリシラはそんなに楽観的にはなれなかった。

王が戦地に向かうというのに、プリシラが投げつけた言葉といったら、嫌いになったとか騙したとかひどいもので、真っ先に無事を告げてくれるとは思えなかったのだ。

むしろ王に何かが起こって、それを誰かが王妃に伝えようとしていると考えたほうが現実的だ。

再び恐怖が湧き上がってくるが、思い切ってプリシラはその紙片を手に取る。

開けると、フェルナンドの筆跡だった。

プリシラの心に希望の灯が点《とも》ったが、冒頭を読んだだけで、あっけなく消える。

『我が最愛の王妃、プリシラへ。戦いに出る前に伝えたいことがある。君はとても誠実だった。亡き夫との関係を明かしてくれるほどに――。夫が過去の自分でなかったら、私は嫉妬で狂っていたかもしれない。そうだ。狭量で不誠実なのは私のほうだ』

この手紙は今日の昼、出撃前に書かれたもので、今、生きているかどうかの手がかりにはならない。

落胆しつつも、プリシラは読み進める。

『自分が王だと明かせば嫌われるのではないかと思って身を明かさず、ずっとアローでいた。アローのままでいたかった』

今はこの言葉が、すとんと心に入ってくる。

アローだったとき、彼はこう言ってくれた。

『いつか君に手紙を書こう。愛している、君のことばかり考えているって』

あのときの愛おしげな眼差しを思い出して、プリシラは叫びそうになる。私だって愛していると――。

まさか、最初の手紙をこんな形でもらうことになるとは想像すらしていなかった。あの瞳に嘘があったと、一瞬でも疑ったなんて自分の浅はかさがいやになる。

――続き、読まなきゃ。

『それなのに、君がほかの男に抱きしめられているのを見て、嫉妬心から、なじってしまった。赦してほしい。そして、やり直すチャンスを与えてほしい。今度こそ私の王妃として生きてくれないか』

――フェルナンド！

やはり彼は生きていないといけない。

――そして私と、やり直すのよ！

「プリシラ様、やはりアローは無事でしたか」

気づけば隣にカルメラがいて、期待に満ちた目で見てくる。

一方、クレメンテは扉の前で突っ立っていた。死んだと思っていた者から手紙が届いたのなら、驚くのが普通だ。

だが、彼の表情には、その驚きが全く見られなかった。

顔色から読み取れるのは、自身の悪事がばれたときのような動揺――。

プリシラは、鎌《かま》をかけることにする。

「クレメンテ、これはどういうことかしら？　この手紙には、ついさっき王が王城を制したと書いてあるわ」

「見せていただけますか？」

クレメンテが手を伸ばしてくるが、プリシラは掲げて、ひらひらとさせる。

「見て。小さな字ですごい長文でしょう？　悪いけど、ほとんどが愛の言葉だから、お見せするわけにはいかないわ」

そのとき、クレメンテが昏い笑みを浮かべたものだから、プリシラの背にぞくっと悪寒が奔《はし》った。

「その愛は、妻がほかの騎士と懇《ねんご》ろになっても、貫けるものでしょうかね？」

次の瞬間、プリシラは宙に浮いていた。

クレメンテがプリシラを抱き上げたのだ。無言で奥の部屋へと向かう。

——そこ、寝室じゃないの！

寝室は内側に閂があるので扉を閉められたら終わりである。

「やめて！　クレメンテを嫌いになりたくないの！」

王のいない王城で、プリシラを守ってくれたのは、ほかでもないクレメンテだった。

「嫌いになるどころか、もっと私を好きになることをして差し上げます。プリシラ様はまだ真の悦びをご存知ないんですよ」

——もう知ってるわよ！

と本音を言いたいところだが、心の中で叫ぶに留めた。口にしたら、火に油を注ぐだけだ。そして、力で抵抗しても無駄なことはもうわかっている。

プリシラは肩越しに、カルメラに目配せすると、彼女のすぐそばの装飾台に置いてある大きな陶器の壺《つぼ》へ視線を移し、再びカルメラに戻した。

カルメラが小さくうなずき、装飾台のほうにゆっくりと横歩きし始める。それを見ながら、彼の耳元でプリシラは小声で囁く。

「クレメンテ……侍女の手前、言えなかったけど……実は、私、あなたとは前世からの繋がりがあるように感じていたの」

　プリシラの視線の先には、大きな壺をそうっと持ち上げるカルメラがいた。

「プリシラ……やっぱり俺のことを……。王のことなんか忘れさせてやる」

「忘れ……」

　カルメラがクレメンテの頭に壺を振り下ろし、破壊音とともに、その場にクレメンテが倒れる。プリシラは彼の腕の中から逃れた。

「……忘れられるわけないでしょ！」

　――前世の憧れなんて、もう、さよならよ！

「カルメラ、彼が行きたがっていたところに連れていってあげましょうよ」

　プリシラは、ふたりがかりでクレメンテを引きずってベッドまで連れていくと、クレメンテをシーツでぐるぐる巻きにして上掛けをかぶせて隠す。カルメラと駆け出すが、回廊に出たとたん、ゆっくりと優雅に歩き、護衛たちに微笑みかけた。

　プリシラは、自身の肩に乗っているコンチャを指差す。

「この鷹は伝令なの。騎士団長のラウルと落ち合うようにと王から連絡があったので、失礼いたしますわ」

　しずしずと回廊を歩き、階段まで来ると、カルメラとともに全速力で駆け下りる。コンチャが肩から浮かび上がり、空中を飛びながらついてきた。

「プリシラ様、手紙には、どこで落ち合うと書いてあったのですか？」

息を切らしながら、カルメラが聞いてくる。

「あんなのは、はったりよ。あの手紙は出撃前に書いたものだったわ。でも、手紙が届いたときのクレメンテの反応を見てわかったの。王が死んだなんて嘘だって」

「た……確かに！　では、これからどこに行かれるのです？　あの邸はクレメンテ様が貸してくださっているのでしょう？」

「邸でロドリゴと合流したあと、王城に向かうわ」

ブエナフエンテ伯城から邸は歩いてすぐの近さだ。馬車で入城したのは、あくまで王妃としての威厳を保つためである。

邸に着くと、カルメラが扉をノックした。もう夜更け過ぎで、ロドリゴが現れるまで少し時間がかかったが仕方ない。

扉が開いたとたん、ロドリゴの寝ぼけ眼《まなこ》がカッと見開かれた。

「プリシラ様、さっきお別れしたばかりですのに……いかがなさったんです⁉」

そういえば、数時間前にここを出たばかりだ。それなのに、ずいぶん前のことのように感じられるのは、その間にショックなことが続いたからだ。

王の死を告げられたこと、そして、優しかったクレメンテが豹変《ひょうへん》したこと――。

不意にプリシラの瞳から涙がこぼれる。

「……王が死んだって言われたの。だけど、絶対、フェルナンドは生きていると思う。でもね、これ……」

プリシラは朱に染まったリボンを差し出す。

「見て、これ。私があげたリボン……血まみれなの！」

瞳から涙が勝手に、ほろほろとこぼれてくる。

「国王陛下に差し上げたという、おさげのリボンですよね？」

「そうなの。かなりの深手を負ったんじゃないかしら。私、心配で……」

「アローなら、プリシラ様にもらったリボンなんて死んでもほかの男にやりませんよ。そもそも、王として出立なさるとき、腕にリボンを巻いていませんでした」

――そういえば、甲冑を脱いだときに外して、鎖かたびらの服の上から巻いたんだわ。

一瞬、希望がふくらんだが、すぐにしぼむ。けがをしたら、手当てをするために甲冑は脱がされるだろう。

プリシラは感情を抑えきれず、子どものように声を上げて泣いてしまう。

すると、カルメラが肩に手を添えてくれた。

「プリシラ様、コンチャは国王陛下との間を行き来してくれるんでしょう？　お手紙を書いてみてはいかがでしょうか？」

――そうよ！　私、泣いている場合じゃないわ！

「あっありがとう、カルメラ。フェ……フェルナンドに、これから王城に会いに行くって書くわ。コンチャを放《はな》ったら、すぐに王城に向かいましょう。クレメンテが意識を取り戻して、ここに押しかけてくるかもしれないし」

プリシラは物書き用のテーブルに着き、羽根ペンの先にインクを浸した。

『これから王城に会いに行くわ。死んでいたら赦さないんだから。生きて私とやり直すのよ』

自分で書いておいて、プリシラは驚く。

——手紙でも、私ってこんなに可愛げがないわけ⁉

でも、いい。これでいい。フェルナンドは憎まれ口ばかり叩くプリシラを気に入ってくれたのだから。

プリシラは、いつもフェルナンドがやっていたように、コンチャの脚に紙片をくくり、テーブルの上にあった干し肉を食べさせ、空に放つ。

「プリシラ様、さあ、出かけましょう」

ロドリゴがいつの間にか、寝衣から侍従の服に着替えていた。

「あら、まだその服を持っていたのね」

プリシラが冗談めかして言うと、ロドリゴが胸を張る。

「今や騎士に叙任されております。早く王城に行って甲冑をいただかないと」

ロドリゴが、王から下賜された短剣を掲げた。

プリシラは笑ってしまう。そうだ、まだ笑える。

――これからも、ずっと笑って過ごしてやる！

プリシラは、ロドリゴとカルメラ、馬を率いて『伯爵夫人の農村』から出る。馬に跨ろうとしたところで「王妃陛下――！」と、遠くからラウルの声がした。

振り向くと、甲冑姿で馬に跨る騎士たち十数名がいた。プリシラがブエナフエンテ伯城を訪れるにあたり、はったりをかますために乗った馬車もある。

ラウルが兜の面頬を開けて近づいてくる。

「客間に王妃陛下がいらっしゃらないものだから慌てましたよ。しかも、ベッドには、シーツでぐるぐる巻きのクレメンテがいるんですから！」

「ラウル、王は無事なのよね？」

「何かあったときは、コンラドが報《しら》せにくるはずです。援軍とも合流したので今ごろ王城になだれ込んでらっしゃるのではないでしょうか」

「やっぱり……そうなのね。王が亡くなったようなことをクレメンテに言われたものだから、心配になってしまって……」

「それでぐるぐる巻きにしたんですか？」

「さすがにそれはないわ。……実は寝室に連れ込まれそうになって……」

ラウルの顔に緊張が奔《はし》った。

「何ごともなかったんですよね⁉」

カルメラが代わりに答える。

「私が壺を叩きつけたので、何ごともありませんでした」

「それは感謝申し上げる。私は……離れるべきではありませんでした」

ラウルが目をぎゅっと瞑った。後悔している様子だ。

「今、クレメンテはどこに？」

「シーツに巻かれたまま、あそこにいますよ」

ラウルが指差したのは馬車だった。

「国王陛下を陥れるようなことをしたので捜していたのですが、灯台もと暗しというか、まさか王妃陛下の客間にいるとは……。しかも、襲おうとしたなんて……」

ラウルが苦々しそうに言った。

「あの、ラウル……陥れるってどういうこと？　さっきは何ごともないって。王は……フェルナンドは、やっぱりけがをしているの？」

ラウルが、きょとんとした表情になる。

「それはないいんじゃないでしょうかね。あの方、普段は平和を愛している、戦いたくないとかおっしゃるんですけど、作戦を立てるのも自身が戦うのも天才的なんですよ」

　プリシラは思わず笑ってしまう。

　ラウルの言う国王像がアローと似ているからだ。口では文句を言っていても、なんでもすぐにやってくれるし、すごくうまくできる。

　ラウルの予想通り、フェルナンドはペドロの騎士団を蹴散らし、朝には王城になだれ込んだ。

　ペドロを探すのは大変ではなかった。この城はもともと王であるフェルナンドのものだから、威厳のある声色でこう告げればいい。

「王が帰還したのだから、選ぶ道はわかっているな？」

　そうすれば、彼らは剣を鞘に納め、ペドロの居場所を教えてくれる。

　ペドロはセレスティナの居室に逃げ込んでいた。

　――こんな無様なところを母親に見せなくてもいいものを――。

　内鍵のかかっている扉を打ち破って開けさせると、そこには母親と手を取り合って不安そうにこちらに視線を向けるペドロがいた。その周りを数名の騎士が囲んでいる。

「あ、兄上……ご失踪なさったと聞いて……心配しておりました」

　ペドロの声は震えていた。

──今さらごまかせるとでも思っているのか。

「戻りが遅れた。それにしても城に帰還する途中、おまえの騎士団に襲われたんだが、どういうことだ?」

「えっ」

ペドロが素っ頓狂な声を上げ、目を泳がせた。

「それは誤解では?　騎士団長のホアキンはここにおりますゆえ」

ペドロの横に立つホアキンを一瞥してから、フェルナンドはペドロに視線を戻す。

「適当なことを言うな。ホアキンは余の騎士団と戦って敗れ、おめおめと逃げ帰ってきたところだろう?　ずっとここにいたというなら、なぜ、ホアキンやここにいる騎士の脚に泥が跳ねているんだ?」

「か……彼らは練習熱心ですから、今日も鍛錬をしていたのでしょう」

よくもまあ、こんなばればれな嘘がつけるものだ。

「兄弟の争いだから、ここで内密に処分してやろうと思っていたのに……あくまで白を切る気なら広間に来てもらおうか。母親にこんなところを見せるものじゃない」

フェルナンドは自身の騎士数名を選んで居室内でセレスティナを見張るように命じると、ほかの騎士たちには、部屋からペドロを引きずり出させる。

広間に行くと、騎士たちがすでに集まっていた。

その中央に、使用人が座るような簡素な椅子を用意し、そこにペドロと騎士団長ホアキンを座らせる。逃げられないよう、周りを騎士たちに囲ませた。

フェルナンドは奥の檀上《だんじょう》にある黄金の玉座に腰を下ろし、国務卿や外務卿など重臣たちを左右に座らせる。

フェルナンドは声を張った。

「皆の者、この男、ホアキンに見覚えはあるか？」

騎士たちが口々にこう叫ぶ。

「戦闘を指揮していたのは、この男です！」

「面頬を開けているところを見ました！」

「声を聞きました！」

フェルナンドは憐れむように眉を下げ、異母弟のほうに顔を向ける。

「あの霧の濃い日、余も声を聞いた。君主にふさわしくないと襲いかかってきたのは、ホアキンだった。ペドロ、おまえが余を亡き者にしようとしたのは、昨日今日のことではないだろう？」

「兄上を、私がですか？　反乱軍が王城に向かってきたと聞いて、鎮圧するように命じたことはありますが……？　兄上がいらっしゃらない間は、私が代わりに、この王城を守らねばと思いまして」

ペドロがこの期に及んでとぼけたことを言い、隣に座るホアキンを横目で見た。

「お、おまえのせいだ……。おまえが間違って攻撃したから」

ホアキンが心底驚いたような表情に変わる。

「何をおっしゃるのです⁉　殿下⁉」

ホアキンの言葉が聞こえていないかのように、ペドロが叫ぶ。

「兄上、この男はしらばくれていますが、ホアキンが独断で兄上に刃《やいば》を向けたのです！煮るなり焼くなり、お好きなようになさってください」

ホアキンが蔑むような眼差しをペドロに向けて黙り込んだ。

フェルナンドは、自身の弟の愚かさに、ほとほとうんざりしてしまう。

――こんな男と血が繋がっているのか、俺は……。

「首を刎《は》ねられるべきはペドロ、おまえであって、ホアキンではない」

フェルナンドは諭すように言った。

「なぜ？　ホアキンは兄上を襲ったのですよ？」

「ホアキンは命令に従っただけで、裁かれるべきは……命令を出したおまえのほうだ！」

声を荒げ、フェルナンドは立ち上がる。

「わ……私は反乱を鎮圧するよう、命じただけです。兄上、信じてください」

そのとき、広間にラウルの声が響いた。

「国王陛下！　証人を連れてまいりました」

　後ろ手に縛られたクレメンテが騎士ふたりに連れられ、よろよろと運び込まれる。

「ブエナフエンテ伯爵の次男にして、我が王妃の騎士団長、クレメンテがどんな証言をしてくれるというのか」

　フェルナンドは、できるだけそっけなく、証人について説明したが、実のところ、はらわたが煮えくり返る思いだった。

　――プリシラに気安く抱きつきやがって。

　そのせいで仲違いしてしまったではないか。ペドロとともに葬ってやりたいぐらいだ。

　ラウルが広間中に聞こえるように告げる。

「ご存じの方もいらっしゃると思いますが、国王陛下の潜伏場所をペドロ殿下に密告したのはこの男です。しかも、今なら容易《たやす》く殺せると、進言までしております」

　これを聞いても、フェルナンドは驚かなかった。

　驚いたのはプリシラだ。

　プリシラは今、ラウルの後ろに整列する騎士たちの最後列で、ロドリゴとともに鎧兜《よろいかぶと》を身に着けて立っていた。

　なぜ甲冑姿なのかというと、兜で顔を隠さないと、広間には連れていけないと、ラウルに言われたからだ。

それは朝焼けの中、プリシラが城に向かって馬を走らせていたときのことだ。併走するラウルから、こんなことを頼まれた。

『国王陛下が王妃陛下の姿をご覧になったら、一介の恋する騎士に豹変してしまうでしょう？　そうなっては困るので、王城に着いたら、しばらく王妃の居室でお待ちいただけないものでしょうか？』

プリシラは何を言い出すのかと驚く。王の無事を一刻も早くこの目で確かめたいプリシラに、別室で待つ余裕などあるわけがない。

『そんな心配いらないわ。買いかぶりよ』

ラウルがすごい勢いで左右に首を振っている。兜をかぶっているのでがしゃがしゃと金属音が響いていた。

『前も申し上げましたけど、邸で王妃陛下とお暮らしになっていたとき、国王陛下は、王城のことなんかどうでもいいっておっしゃったんですよ！　どうか！　決着するまではいつもの国王陛下のままでいさせてあげてください』

最後は懇願調になっていた。

――これじゃあ私、聖人を堕落させる魔女か何かみたいじゃない……。

ラウルはしゃべるとき兜の面頬を開けるので表情がわかる。切羽詰まった感じが伝わってきた。

——面頬を閉じれば……表情どころか誰なのかさえわからなくなるわ。

『いい案があるの！　兜をかぶれば、私がいるってばれないわ』

『確かに……。ですが、最も後列で、絶対に顔の覆いを開けないでくださいよ！』

『心配しすぎよ。私はほかの騎士たちより背が低いから、面頬を開けたとしても絶対に見えないわ』

ラウルが不服そうに眉間に皺を寄せた。

『いえいえ。そんなふうに油断されているようでしたら、お連れできません。国王陛下は非常に目がよくて、遠くの丘の動物が馬なのか鹿なのかも判別つくし、夜目も効くから暗闇でも戦えるんです。ただ、視界を遮る霧ばかりはそうはいかなかっただけです』

——そういえば、フェルナンドが溜池に落ちていたのは、すごい霧の日だったわ。

『わかったわ。絶対に顔の覆いを開けない』

『なら、いいでしょう。城に着き次第、背格好が同じ騎士の甲冑を用意させます』

そんなわけで、今、プリシラは騎士団の最も後ろにいるため、フェルナンドの声しか聞こえない。だが、それだけで十分だ。

プリシラの心には歓喜の鐘が鳴り響いていた。生きてそこにいてくれるだけで、こんなに幸せな気持ちになれるとは――。

だが、クレメンテが王の所在をペドロに伝えたというのはショックだし、信じられない。王弟からプリシラをかばってくれたのは、ほかでもないクレメンテだったのに――。

彼が変わってしまったのは、きっとプリシラのせいだ。王に一顧だにされないプリシラを見て、野望を持ってしまった。

――私の責任だわ。

それにしても不思議なのが、フェルナンドは自身が王だとばれないように兜をかぶっていたし、プリシラも、あくまでアローとして王に接していたのに、なぜクレメンテは王が『伯爵夫人の農村』にいると気づいたのか――。

フェルナンドの声が再び響きわたる。

「クレメンテ。余がそなたの実家の邸に潜伏していることに気づき、ペドロに密告したそうだな。それなのに、余が大勢の騎士を引き連れて王城に向かったものだから、ペドロから殺されそうになったとか……」

声に喜色が含まれていた。顔は見えないが、プリシラにはわかる。今、フェルナンドはめちゃくちゃ邪悪な笑みを浮かべているはずだ。

フェルナンドが続けた。

「つまり、そなたの味方は誰もいないということだ」

「いえ、父が……父がおります。どうか、命だけは……」

クレメンテが震える声で告げる。広間が静まり返っていなければ聞き取れなかったかもしれない。

ラウルが口を挟んだ。

「ブエナフエンテ伯爵におまえの所業を伝えたところ、お家断絶だけはご容赦くださいと懇願されたよ」

フェルナンドの咳払いが響く。

「クレメンテ、自分の罪の重さがようやくわかったか？　そなたがやったことは、戦に貢献した父親に免じて赦してもらえるような小罪じゃない。むしろ、親が自身と嫡男の命乞いをしないといけないぐらいなんだ」

「申し訳ありません！」

クレメンテが泣き崩れた。

プリシラまで悲しい気持ちになる。ランカステル公領を手に入れるという野望さえ持たなければ、こんなことにはならなかった。

――そもそも、公女付き騎士団長に選ばれなかったら、こんな目に遭わずに済んだのに。

フェルナンドがクレメンテに告げる。

「安心しろ。単独行動ということはわかっているから、罰するのはそなただけだ。ブエナフエンテ伯領はそのまま。伯爵は預かり知らぬところだが、崖から落ちた余が助かったのは、まがりなりにも前《さき》の伯爵夫人の邸があったおかげ……」

そのとき、鷹が広間に飛び込んできて、騎士たちの上を旋回した。しばらくの間、何かを探している様子だったが、目的地を見つけたようで急降下する。

鷹が留まったのは、よりによってプリシラの頭上だった。

――コンチャ！

コンチャがプリシラのところに着いたということは、フェルナンドからの手紙を届けにきたということだ。手紙を読みたいが、今、同じ広間に彼がいて、そんな場面を見られたら、正体が一発でばれる。

プリシラを含め騎士たちが隙間なく整列しているため、コンチャは肩に留まれず兜の上を選んだのだろうが、これでは悪目立ちしすぎだ。

「……どういうことだ？」

案の定、フェルナンドが怪訝《けげん》そうな声を発している。

――まずい……。

すると、ラウルがこんなことを言い出す。

「国王陛下、クレメンテの罪状としてもうひとつ加えないといけないことがあります。彼は王妃陛下を襲おうとしました」

「なんだと⁉　それを先に言わないか！　その罪が最も重い。して、王妃は無事……いや、コンチャがここにいるということは……」

「はい。ご推察の通りでございます！　王妃陛下はここにいらっしゃいます」

——えっと。今、ラウルから身を明かす許可が出たってことよね？

プリシラが、鷹が乗ったままの兜を外すと、隣のロドリゴが受け取ってくれた。

兜の下から長い金髪がこぼれ、周りから一斉にどよめきが上がる。

そんな中、フェルナンドがこちらに向かって駆けてきた。彼の進む先にいる騎士たちが左右に避《よ》けるものだから、ふたりの間に路《みち》ができた。

そんな中、ロドリゴが鷹の脚から手紙を外し、プリシラに渡してくる。

そこには、こうあった。

『勝手に殺すな。死んだら再会できなくなるだろう？』

まるで会った当初、ぽんぽん言い合っていたときのアローのようだ。

急に、喉奥まで熱いものが込み上げてきた。

「プリシラ」

そして今、目の前に立つのは、甲冑姿のフェルナンドだ。

——泣くなら、あなたの腕の中で！

プリシラがフェルナンドに抱きつくと硬い音が立つ。甲冑が邪魔で、抱きつくというより体当たりになってしまった。

「どうした？　甲冑なんか着て」

プリシラはフェルナンドに抱き上げられる。

「ほかの部屋で待機なんかしていられなくて……！」

言っている途中で、プリシラは涙腺が崩壊してしまう。

「俺もだ。二日離れているだけで、死にそうになっていた。でも、甲冑の下にはあの赤いリボンがあるから」

フェルナンドが上腕の腕甲に手を置くではないか。

やはり、血まみれのリボンはフェルナンドのものではなかった。クレメンテはランカステル公国にいたときに入手する機会があったのだろう。

「ということは……無事なのは私のおかげね」

「言うな。プリシラは、そう来ないと」

フェルナンドが躰を振り返らせ、玉座の隣に立つ初老の男と視線を合わせた。

「大法官、余は所要ができたので、あとは頼む」

「あと……ですか？　ペドロ殿下、ホアキン、クレメンテの処分はいかがしましょう？」

大法官が動揺した様子でフェルナンドに尋ねてくる。

「地下牢に、ひとりずつ場所を離して監禁せよ。脱獄されないよう、常時、騎士三名以上の目が届く状態にしておいてくれ。セレスティナは軟禁のままに。騎士の配置に関しては全て、ラウルが指揮するように」

「は。かしこまりました」

ラウルが辞儀をした。

フェルナンドがペドロに視線を合わせる。

「ペドロ、最終的な処分は法にのっとって決める。震えて待っていろ」

プリシラを抱き上げたまま、フェルナンドが踵を返すと、肩越しに、困ったように笑うラウルの顔が見えた。彼の瞳はこう語っているように思えた。ほら、買いかぶりじゃなかったでしょう、と——。

プリシラはうなずきで答える。

「今、俺以外の男と通じ合っていなかったか？」

フェルナンドが目を眇《すが》めてきた。

プリシラは可笑《おか》しくなってしまう。

そこにはラウルが言うように『一介の恋する騎士』がいたからだ。

第八章　止まらない欲望と終わらない蜜夜

抱き上げられたまま、プリシラが連れていかれたのは王の居室だった。入るなり、フェルナンドが唇を重ねてくる。早く開けろとばかりに舌で歯列を割り、そのまま口内を彼の舌でいっぱいにしてきた。

彼が歩きながら顔の角度を変え、何度も深いくちづけをしてくるものだから、甲冑と甲冑がぶつかる音がカチカチ立って、近づきたいのに近づけないもどかしさがあった。

寝室まで来て、プリシラはようやく下ろされる。もちろんベッドの上だ。

前、ここで儀式をしたときは、夫がこんな顔をしていて、自分とこんなに合う人だなんて思ってもいなかった。

――なんか、変な感じ。

「プリシラが甲冑を着てるなんて、変な感じだな」

フェルナンドは、違う意味で同じことを思っていた。

当たり前のように、フェルナンドがプリシラの甲冑を脱がそうと、肘当ての革紐《かわひも》をほどき始める。夫なのだから当然といえば当然なのだが――。

「嘘つかれたこと、私、まだ赦してないんだから」

――またやってしまった。

でも、口に出さずにはいられない。どうでもいい人なら嘘をつかれてもなんとも思わないが、彼はプリシラが唯一愛した男なのだ。

中腰で紐をほどきながら、フェルナンドが不思議そうに見上げてきた。

「死んでないのに？」

そういえば、プリシラは手紙に『死んでいたら赦さないんだから。生きて私とやり直すのよ』と書いたのだった。

「あのときは死んだかもしれないって思ってたから……。生きていたからには、やり直す前に謝ってもらわないと！」

――私ったら、こんなときまで悪態つかなくてもいいのに……。

自分の口が恨めしい。

フェルナンドが、もう一方の肘当てのほうに移り、そちらもほどき始める。

「騎士のふりをして悪かった。そもそも、王妃が王の顔がわからないという状況を作ってしまったのが俺の一番の落ち度だ。俺は夜目が効くから気づかなくて……灯りを点ければよかった。って、そういう問題じゃないよな？」

「明るさの問題じゃないわ」

フェルナンドが肘当てを床に放った。

「俺は君の領地目当てで結婚した。だが、いくら政略結婚でも、妻をひとりの人間として認め、向き合うべきだった」

「クレメンテも領地目当てよ。私が王とうまくいってないと知って、ランカステル公領を手に入れようと、王が死んだと嘘をついて私の恋人になろうとした……」

フェルナンドが目を眇めた。クレメンテの話題が出ると、いつもこうだ。

「クレメンテは領地だけが目当てでもなかったと思うが……当時の俺は、君に全く興味がなかった。あのとき俺は戦後処理で忙しくて、特に、食糧問題が急務で……まあ、言い訳だが」

「私を避けるために、わざと王城を留守にしていたのではなかったのね？」

「避けるも何も、君は将来的に広大な領地をもたらす娘だとしか思っていなかったから」

——会ったこともない娘と結婚するって、そういうことよね。

フェルナンドが話を続ける。

「領地を失うわけにはいかないと、王妃を捜しに出たところで、霧の中、ペドロの騎士団に襲われて……俺は目がいいから、霧さえなければあんなことにならなかった。自分の腕を過信して、まんまと罠に引っかかったってことだ」

「溜池があって本当によかった。そうじゃなきゃ、私たち、お互いを知らないままになっていたわ」

フェルナンドが、プリシラの上体の前後を覆う胸甲《きょうこう》と背甲《はいこう》を取り去る。かなり楽になった。プリシラが彼の胸に顔を預けると、フェルナンドが抱きしめてくる。彼は甲冑を着たままなので、頬に当たる胸甲は硬く、冷たい。

「それにしても、崖から落ちて目覚めたときは驚いたよ。目の前に、捜していた妻の顔があったんだから」

プリシラは笑ってしまう。

「それは……驚いたでしょうね」

「ああ。しかも、その妻は、ジャガイモで世界を救おうとしていた。おいしく食べさせるために調味料まで作っていて……ニクジャガは最高に美味《うま》かった。こんな立派な女性もいるんだと感心して、運命だと思った」

――運命を感じたの、そこ⁉

そういえばラウルも、王がプリシラに夢中な理由として、世界の救済を上げていた。

誤解にも、ほどがある。

「ちょっと待って。私、世界を救おうなんて思っていないわ。ただ、肉ジャガが食べたかっただけよ」

「みんなにも食べさせていたじゃないか」

言いながら、フェルナンドが、プリシラの脚を覆う膝当て、すね当て、鉄靴と、順々に取り外していく。

「それはそうよ。自分が好きなものを、ほかの人も好きって言ってくれれば、うれしいもの」

「そういう動機が素晴らしいんだよ。その『うれしい』を全国規模に広げたら、みんな飢えずに幸せになれる」

――確かに。

前世でも、飢饉《ききん》のとき、ジャガイモが民を救ったと言う逸話《いつわ》を聞いたことがある。

「私の知識でよかったら役立ててもらえれば……。知識があっても、王の力がないと広まらないもの」

「俺たちが組めば最強ってことだ」

フェルナンドが満足そうに微笑むものだから、プリシラは可笑《おか》しくなってしまう。フェルナンドは仕事にも恋にもストイックすぎるぐらいストイックだ。

プリシラは甲冑を脱がされ、鎖かたびらと武装用の紐が付いた服だけになっていた。

ベッド脇に立つフェルナンドが、プリシラの片頬を手で覆い、中腰になってくちづけてくる。

──蕩ける……。

心も躰も溶けていく。

「だが、世界を救う前に、君が欲しい」

フェルナンドが陶然とした眼差しを向けてくるものだから、どきんとプリシラの心臓が跳ねる。そうだ。フェルナンドは、プリシラが立派な人間だから好きなのではない。

──私たちは、もっともっと、しゃべって抱き合って愛し合いたいんだわ。

「私も……欲しい」

プリシラが見つめ返すと、フェルナンドの瞳が喜びで輝く。

だが、急に曇った。

フェルナンドが自身の躰を見下ろし、眉間に皺を寄せている。自分がまだ甲冑を身にまとっていることをもどかしく思っているようだ。急ぎ、自身の腕甲を外し始める。

プリシラは天蓋を見上げた。

「このベッド、あの儀式以来だわ……」

「ここがいやなら王妃の居室に行ってもいい。というか、王《オレ》の居室自体をほかに変えてもいい」

フェルナンドは察しがいい。

「ううん。いいの。その後、〝アロー〟としたときほどではなかったとはいえ、顔もわからない人としたのに気持ちいいと感じた瞬間があって……でも、それが、フェルナンドでよかった……」

「プリシラ」

フェルナンドが唇を押しつけるようなキスをしてきて、プリシラはそのままベッドに後ろ向けに倒れた。

「実は俺、政略結婚の相手だっていうのに、とてつもなく気持ちよく感じてしまったんだ。このままだと城巡りなんてできなくなるんじゃないかと恐れるぐらいに」

――嘘でしょう!?

「もしかして……寄りつかなくなったのって……それも、あるの？」

フェルナンドが真顔で小さくうなずいた。

「いやだわ！　自分でそうなることを予想していたのね」

思わずプリシラは笑ってしまう。『一介の恋する騎士』になってしまうことを彼自身が怖れていたなんて――。

「俺たちは最初から躰の相性も最高だったんだよ。ただ、君が気持ちいいと思ったのは、精油の催淫効果もあると思う」

「あの精油って……宗教的な意味とは別に、ちゃんと効能があったのね!?」

プリシラは急に心が軽くなった。顔も知らない男としたのに感じてしまったことが、胸の内にわだかまっていたのだ。

「俺が気持ちよく感じたのも精油のせいだったのかもしれない。だが、そんなものがなくても、プリシラに惚れてから抱き合ったら、初めてと比べ物にならないぐらい気持ちよかった。いや、気持ちいいとかそんなものじゃない……至福だった」

「私だって……初夜なんかと比べ物にならなかったわ。同じ行為だと思えないくらい」

「このベッドを最高の思い出で上書きしよう」

フェルナンドが頬から顎、そして首へと手を這わせていく。それだけでプリシラは全身の皮膚という皮膚を粟立たせた。

「か……甲冑が……ぎしぎしいってるわ」

「これを脱ぐのが先決だな」

フェルナンドが背をただし、もう片方の腕甲を取ると、腕にリボンが現れた。

プリシラは上体を起こし、リボンに手を添える。

「フェルナンドが生きていて……本当によかった」

すると、フェルナンドが、上体を覆う胸甲を取りながら怪訝そうに聞いてきた。

「いくら俺が戦いに出たからって、なんで死ぬのが前提みたいなことになっていたんだ？」

「だって、クレメンテが、王が死んだって血まみれのリボンを見せてきたから……」

プリシラは危うく叫びそうになった。

フェルナンドが鬼神のような恐ろしい顔になっていたからだ。

「クレメンテめ。襲っただけではなく……そんな心労をプリシラにかけていたなんて……あいつはやっぱり死刑にしないと」

――それだけは止めないと！

クレメンテはオラーノ王国の伯爵家出身だが、オラーノ王国の騎士ではない。プリシラの父であるランカステル大公が叙任した騎士なのだ。

「わ、私も自分の騎士が、王の命を危うくするようなことをして……本当に申し訳なく思っているわ。でも、フェルナンドが不在だったとき、王城で私を守ってくれたのは、ほかでもないクレメンテだったのよ？」

フェルナンドが意外そうにこう問うてくる。

「何から守ったっていうんだ？」

「ペドロ殿下よ。私が怪しい液体を作っているものだから、聖堂で、異端審問にかけるって……ヒィ」

鬼神がぶるぶると怒りで震えていた。

「魔女扱いされたようなことを前も言っていたが……異端審問だと？　ペドロはもう普通に殺すだけではだめだ。四肢を引き裂くぐらいしないと。あと、協力した司祭もだ」

押し殺すような声でそうつぶやいたあと、フェルナンドが双眸を覆った。

「だが、諸悪の根源は俺だ。結婚という契約で縛るだけで、君を放っておいた」

その言葉が聞けただけでもう十分だ。

プリシラは身を乗り出し、立ったままのフェルナンドの胴を抱きしめる。

「もう過去のことで恨み言を口にしたりしない……だから、人を殺《あや》めるようなことは言わないで。それに、クレメンテが邸を貸してくれたおかげで、あなたと過ごせたんだから……」

「俺もあの邸での暮らしは……生きていて一番幸せだった……」

照れ隠しなのか、フェルナンドは咳払いをすると、最後のパーツである鉄靴を取り、鎖かたびら付きの服まで脱いだ。鍛え抜かれた上半身が露わになる。

──ま・ぶ・し・い！

明るいうちに彼の裸を見るのは初めてだ。

──ということは私の裸も、白日のもとに⁉

真っ暗なのもいやだが、明るいのも恥ずかしい。

フェルナンドがベッドに乗り上げ、プリシラの上衣に手をかけてくるものだから、プリシラの心臓がどきんと跳ねる。

「こういう装飾が何もない服を着てこそ、プリシラ自身の美しさが際立つな」

「またそんなことを……こんなに明るいと、それはそれで……恥ずかしいっていうか」

「明るいところは初めてじゃないだろう？」

「あのときは服を着たままだったもの……」

暗くても明るくても文句を言っているようで、さすがにどうかと思ったが、フェルナンドは全く気にしていない様子で、天蓋から垂れるドレープを閉めた。

「ほら、少し暗くなった」

フェルナンドがプリシラの上衣を一気に引き上げる。顔が覆われて、彼の顔が一瞬だけ見えなくなった。上衣が放られ、再び見《まみ》えたとき、彼の瞳は艶《つや》めいていた。

どきん、どきん、どきんと、大きく波打つ心臓の音で体内がいっぱいになる。何をこんなに緊張しているのか。

――目の前にいるのは、アローと同じ人なのに……。

「プリシラ……愛している。離れていてつくづくわかった。俺は君なしには生きていられない」

フェルナンドが今までを振り返るように目を瞑り、頬を寄せてきた。プリシラもまた目を閉じる。

「私もよ。あなたがいなくなったら、生きていけないって思い知ったわ。今さらだけど……騙したなんて言ってごめんなさい」

「それは俺のほうだ。君が妻だと気づいた時点で、オラーノ王だと明かすべきだった。実際、騙していたんだから、プリシラが怒ったのも当然だよ」

頬が離れ、プリシラが目を開けると、フェルナンドに見つめられていた。

彼の瞼《まぶた》がゆっくりと閉じ、顔が傾く。唇が触れる。

彼女の背に回されていた手が、肌触りを愉《たの》しむかのように這っていく。たくましい腕に強く抱きしめられた。

胸と胸が触れる。胸の芯が胸筋に圧され、ちくりと痛むが、この痛みは、いつもとてつもない愉悦をもたらしてくる。

「あ……」

プリシラは声を漏らした。

「可愛い声……もっと聞かせてくれ」

フェルナンドが片腕で彼女の背を支え、ゆっくりとベッドに倒しながら、彼女のズボンを脱がしていく。プリシラが仰向けになったとき、ズボンが抜き取られて全裸になった。

「なんて美しい……ずっと眺めていたいぐらいだ」

言いながら、フェルナンドが性急に片手を動かし、自身のズボンも剝《は》ぎ取ったものだから、プリシラは慌てて顔を横にした。

——明るいところで、あれを見るのはまだ抵抗が……。

「顔が赤くなってる……恥ずかしがってるプリシラ、すごく……いい」

「私は、よくない」

片頬を手で覆われ、彼のほうを向かされる。

「時間や人目を気にせず、こうして抱き合えるなんて夢みたいだ」

――そういえば……。

『伯爵夫人の農村』にいたときは、誰かに見られたら……という心配が頭の隅にあった。

「私も、夢みたい」

プリシラが彼の首をかき抱くと、頬にちゅっと軽いキスを落とされた。

「今晩は寝かせないよ」

「今晩？　今、お昼よ？」

「明日までずっとここで過ごそう。上書きしてほしいんだろう？」

「そ、それはそうだけど、そんなに急がな……んむ」

フェルナンドが唇を塞いできた。彼女の唇を何度も食《は》む。そうしながら、大きな手で胸をまさぐってくる。

それだけで、プリシラは下腹が切なくなってきて、腰をよじる。

彼の唇が、唇からずれた。顎を舐め、首筋にくちづけ、胸の谷間まで舌を這わせていく。

「プリシラの全てを食べ尽くして、全てを知りたい……」

野性的な眼差しを向けながら、フェルナンドがふたつの乳房をつかんで寄せ、その頂点を交互に吸うようにくちづける。

そのたびに、くちゅ、くちゅと卑猥な音が立ち、プリシラは自身の中が何かを欲しがるようにひくひくと痙攣し始めたのを感じ取った。

「んっく」

——どうしよう。もう、彼が欲しい。

プリシラはシーツを握りしめ、ぎゅっと目を瞑った。快楽も度を超すと辛くなる。

「プリシラ……もう欲しいのか？」

そう決めつけられると、認めたくない。

「そんなこと……な……い」

「俺は、いつだって君が欲しい」

乳暈を甘噛みしながら、フェルナンドが手を伸ばしたのは脚の付け根で、そこはもう、ぐしゅぐしゅに濡れていた。迷うことなく指を沈め、プリシラが弱いところを指先でこすってくる。

「ぁあ！」

プリシラは顎を上げた。

「君の悦ぶところ、もっともっと知りたいんだ……」

指がもう一本増やされ、さらに奥を目指して彼女の中に潜り込み、中を広げるように蜜壁を撫でてくる。

「ふ、あっ」

とてつもない快楽が全身に広がり、プリシラは腰を浮かせた。

「二箇所、同時にこすられるのも……いいんだ？」

彼の声には喜色が混じっていて、濡れた乳暈に息がかかる。骨ばった長細い指二本で中をまさぐったあと、根元までゆっくりと押し込んできた。

「あっ……ぅうん」

指の根元を揺らして陰唇をいたぶられ、プリシラは頭がじんじんと麻痺《まひ》していく。涙がにじんできた。

「プリシラの中、うねって……締めつけて……こんなこと、されたら……」

彼の指がずるりと這《は》い出る。こすれたことで生まれた新たな快感に溺れそうになったところで、切っ先で入口を塞がれる。すでにほぐされて蜜に濡れた路《みち》は、ふくれ上がった彼の張《みなぎ》りを容易に呑み込んでいく。

「限界だ……動くぞ」

フェルナンドがプリシラの尻をつかみ、腰をぐっと押しつけてはゆっくりと退《ひ》く。

「あ……あ……ふぁ……あ」

律動に合わせるようにプリシラの喉奥から鳴き声のような音が漏れ出る。肌と肌がぶつかる音と水音だけが頭の中で響きわたる。薄く開けた目から見えるフェルナンドの顔が、自身が揺れるたびに視界の中で上下する。

彼は、プリシラの全てを感じ取ろうとするかのようにぎゅっと目を閉じていた。

――なんて、愛おしいあなた……。

明るいと、こんな感極まったような表情を見ることもできるのだ。

フェルナンドの瞳が半ば開かれた。

「見惚れてた？」

――ばれたか。

「……いつも……見惚れて……あっ」

プリシラは乳房の頂ふたつを同時に摘まんで引っ張られる。

「この蕾、俺に触られて、立ち上がってきてる」

愛おしそうに言うと、フェルナンドが背を丸めて乳首をしゃぶってくる。そのとき違う角度で奥を突かれ、プリシラはびくんと背を反らせた。足をシーツに突っ張らせ、喘ぎ声が止まらなくなる。

「すごい……うねって……もうすぐ……」

フェルナンドが苦しげに声をしぼり出した。

プリシラが彼の背に手を回すと、フェルナンドが抜き差しを速めてくる。律動に合わせて乳房が揺れる。

「あ……ふぁ……ぁあ……フェル……あっ……ん」

どこかに昇りつめるような感覚の中、プリシラは彼との境界線を失っていく。

そのとき、自身の中で何かが弾け、頭の中が真っ白になった。

「くっ」

耐えるような声とともに、彼が動きを止め、ぎゅっと抱きしめてくる。

汗ばんだ肌と肌が吸いつくようだ。

プリシラは外も中も彼に満たされたまま、意識を遠のかせた。


フェルナンドは離れがたいものを感じ、繋がったまま仰向けになる。彼女を自身の躰にしなだれかからせた。やわらかな乳房が胸板にのしかかる。

――まずい……。

下肢が再び熱くなってきた。とはいえ、寝ている間に、というのは騎士道に反する。

そのとき、プリシラが動いた！

胸板に頬をつけたまま顔を上げて、フェルナンドを見ると、やわらかな笑みを浮かべてくる。

――可愛いぃぃぃ！

おかげで、彼女の中に入り込んだままの雄根が一気に臨戦態勢になってしまう。

腹の奥で、彼の欲望がふくれあがったのが伝わったのか、プリシラが口を開けてぎゅっと目を閉じた。

「プリシラ……わかってるんだろう？　もう君が欲しくてたまらなくなってる……」

プリシラがゆっくりと目を開けた。青い瞳が陶然と潤んでいる。

「私も……欲しい」

そうだろうと思った。さっきから、彼女の中は痙攣し、蜜壁で彼の滾ったものを愛撫してくれていたからだ。

「なら、起き上がるんだ」

フェルナンドは彼女の脇下を支えて、身を起こすよう、うながす。

いつもきびきび動く彼女が、このときばかりは、ふわふわの金髪をかき上げながら、気だるげに起き上がった。

――色っぽすぎだろう！

プリシラがフェルナンドの腹に手を突く。彼が腰を浮かせ、はちきれんばかりの剛直で奥まで突き上げると、彼女がふわりと浮かび、金髪が宙に舞う。

この世のものとも思えぬ美しさに、フェルナンドは一瞬、固まってしまったが、プリシラがねだるように身をくねらせたことで、自分を取り戻す。

片方の脇下にも手を差し入れて彼女を持ち上げ、昂《たかぶ》りを少し引きずり出すと再び腰に落とした。白くやわらかな乳房がふるりと揺れる。

抜き差しのたびに、プリシラが感極まったという感じで小さく叫んで白い首を仰け反らせる。

――きれいだ……。

「さあ。今度はプリシラの番だよ。自分で動いてみて」

プリシラが困ったように眉を下げたので、フェルナンドは彼女の細腰をつかんで円を描くように動かした。

「あぁっ」

彼女が腹筋に爪を立ててくる。いつも料理をしているので、その爪は短く、しがみつかれた悦びしかない。

フェルナンドが彼女の腰を前後に動かすと、プリシラが、びくんと背を反らせた。

「そうだ。気持ちいいだろう？　どうやったら、もっと気持ちよくなれるのか自分から探ってごらん」

はぁはぁと胸を上下させながら、プリシラが下目遣いで見てきた。その下には、たわわな乳房がぴんと張り出している。

――いい眺めだ。

フェルナンドは胸のふくらみを持ち上げて両手で覆い、つんと突き出た蕾を押し込むように、親指でぐりぐりと愛撫する。

「フェル……ぁあ……そんなの……」

かなり感じているようで、小さな赤い口が開きっぱなしだ。感極まって目を瞑る様《さま》はとても妖艶で、フェルナンドは腰を高く押し上げる。

プリシラの躰が弾ける。

「ひゃっ」

彼女が、ゆっくりと腰を前後に揺らし始めた。その律動に合わせて、高い声を漏らす。

「あ……フェル……ナンド……ふぁ……」

「プリシラ……そろそろ、いっしょに……いいな?」

彼女が動きながらも、きゅうきゅうと中で締めつけてくるものだから、フェルナンドは早くも降参だ。

胸を愛撫する余裕もなくなり、彼は上体を起こす。やわらかな尻のふくらみに指を食い込ませてつかんだ。

すでに彼女の中は奥までみっちりと彼の形に変えられているというのに、フェルナンド

は、さらに深いところを目指すように、ぐっぐっと腰を押しつけた。そのたびに胸板に乳房がこすれる。汗をにじませたふたりの肌はぬるぬると溶け合うようだ。

じゅっじゅっと律動のたびに立つ水音に、仔猫《こねこ》のような可愛らしい啼き声が重なる。今にもはち切れそうな怒張をきゅうきゅうと締めつける頻度が上がってきた。

「プリシラ……！」

彼の欲望が中で弾ける。

プリシラもそれを感じ取ったようで、「あぁ！」と、小さく叫んで胸板に寄りかかると、そのまま動かなくなった。眠りについたようだ。

そこでようやくフェルナンドは、彼女が徹夜で馬を飛ばしてきたことに思い至る。フェルナンドとて、昨日の昼から戦い続け、王城に乗り込んだのは今朝のことだ。

彼女の背に手を回して抱きしめたまま、フェルナンドは横向きに倒れ込み、そのまま力尽きた。

プリシラが目を覚ますと、ベッドの中はすっかり暗くなっていた。天蓋から垂れるドレープを開けると、窓外も闇に包まれている。

「プリシラ……起きたんだ？」

こんなに優しい声があるのかという掠れ声に、プリシラは喜びで震えた。しかも背後から抱きしめられ、うなじにくちづけられる。

——幸せ……！　幸せがすぎる！

そのとき、ぐーっとお腹が鳴った。そういえば、今日、何も食べていないのだった。

「お腹減らない？」

プリシラが問いながら顔を振り向かせると、フェルナンドに、かぷっと耳全体を咥えられる。

「俺はプリシラしか食べたくない」

「私は食べものを食べたい」

「わかった。今すぐここに持ってこさせよう」

「寝室《ここ》に？」

「言っただろう？　明日まで、ずっとここだって」

そんなわけで、フェルナンドが寝室に夜食を持ってきた。なぜ王自らこんな給仕みたいなことをしているのかというと、ひとえに侍従を寝室に入れたくないがためだ。

文机は、ちょっとした文を書くための小さな机なのだが、そこに大皿が置かれた。その中に、少しずつ料理が盛りつけてある。隣室でカトラリーを使う音がしたので、いろんな皿から少しずつ取り分けたのだろう。

椅子は一脚しかなく、その椅子に腰を下ろしているのはフェルナンドで、プリシラが座っているのは彼の膝の上だ。

この机だと椅子を一脚しか置けないので、隣室のテーブルで食べようとプリシラが提案したのだが、彼は、自分は食べないからここがいいと譲らなかった。

しかも寝衣がないとか言って、プリシラもフェルナンドも裸のままだ。食事を頼めるのだから、衣類だって頼めば、すぐ持ってきてくれるだろうに――。

だが、空腹には抗《あらが》えない。プリシラは彼の片方の大腿に跨って食べていた。

「次、何が食べたい？」

プリシラの口に食べものを運ぶのはフェルナンドの役目だとかで、いちいち聞いてくる。

「このサーモンパイ、おいしそう」

「もっと欲しかったら隣室から持ってくるから言ってくれ」

フェルナンドはプリシラの背を覆ったまま手を差し出し、すでに一口サイズに切り分けられているサーモンパイをフォークで突き刺すと、プリシラの口まで持ってくる。プリシラは身を乗り出して口に含んだ。

――雛鳥《ひなどり》か！

鷹といい、プリシラといい、餌付けが好きな王だ。

王城の料理人が作っているだけあって、どれもおいしく、プリシラはサクサクのパイとやわからかいサーモンのハーモニーを堪能する。

「普段、こんなにおいしいものを食べているのに、よくあの邸での料理に耐えられたわね？」

自《おの》ずとこんな疑問が口を衝いた。

「プリシラの料理は世界一だよ？」

フェルナンドが即答してくるが、世界一なわけがない。

――恋は盲目ってやつかしらね。

とりあえず褒めてもらったお礼に、プリシラは「ありがとう」とだけ答えた。

「野菜も食べたら？」

母親が言うような提案をして、フェルナンドが今度はアスパラガスのソテーを、プリシラの口に入れてくる。

「餌付けばっかりしてないで、自分も食べたらいいのに」

プリシラは言いながら振り向く。

「俺は寝室ではプリシラしか食べない」

フェルナンドが謎の規則《ルール》を発動させ、耳を甘噛みしてくる。

それだけで快楽が生まれ、プリシラは密かに震えた。

「は……裸でないといけないとか、食べないとか、フェルナンド、規則を作りすぎよ。私は自分で食べるから、フェルナンドも食べたら？」

「口移しなら食べてもいい」

「もう！」

プリシラは、ミートボールを手で摘まんで、彼の口に押し込む。

すると、指まで咥えられた。

フェルナンドが艶《つや》めいた眼差しを向けたまま、これ見よがしに指についたソースを舐めてくる。

びくんと手が跳ね、ぞくぞくと官能に侵《おか》される。ついさっきまで躰のあちこちを、いや、躰の中からも愛撫されて、今でも腹の奥では快感がくすぶり、乳首はしこったままだ。しかもプリシラの秘所には、たくましい大腿が食い込んでいる。

「……俺に食べられたそうな顔になった」

フェルナンドが耳の孔《あな》に舌を押し込んでくる。彼の剛直が硬さと大きさを増してきて、それが直に太ももを圧していた。

それは、これから起こることを予期させるもので、プリシラの中で情欲がうねり始める。

それを吹っ切るように、プリシラは前を向き、パンをちぎって口に入れた。

「あっ」

フェルナンドの大きな手が片手だけで両乳房を覆い、ゆっくりともんでくる。しかも、耳朶はしゃぶられ続けていた。

「どうした？　ちゃんと噛んで食べないと」

濡れた耳に息がかかって、プリシラはぶるりと震えたが、すぐにパンを呑み込んだ。

「ちゃ、ちゃんと……食べてるんだから」

プリシラはフォークを使えるような状態ではなく、震える手でアスパラガスを手に取り、口に入れた。

「食事だけで満足できる？　俺のことも食べたくなってきたんじゃないか？」

──私がフェルナンドを食べる？

プリシラが動揺していると、彼が胸を愛撫していた手を下げ、円を描くようにお腹を撫でてくる。

プリシラは逃げるように腰を退《ひ》いたが、逃げるどころか、背後にあるがっしりとした下腹に尻を押しつけただけで終わった。

「そういえば、伯爵夫人の畑には果物がなかったな」

フェルナンドがイチゴを手に取ったので、プリシラはてっきり食べさせられるものだと思っていたら、イチゴが頭上を越えていく。彼が自身の口に入れた。

——やっと自分で食べてくれたわ。

と、ほっとしたのも束の間、フェルナンドが身を乗り出してプリシラの顎を引き寄せ、口移しでイチゴを入れてきた。半分入ったところで噛《か》み切る。

「ほら、俺も食べてる」

そう言いながらも、彼がゆっくりと腹を撫でてくるものだから、プリシラは噛むどころではなく、呑み込むように食べた。机の端をつかんで、はぁはぁと肩で息をする。

——どうして……胸より感じるなんて……。

さっき、深いところまで彼に埋めつくされた感覚が残っているせいだ——。

「食べるどころじゃなさそうだな？」

腹を撫でる手はそのままで、フェルナンドがもう片方の手を下生えから谷間へとすべり込ませる。そこはもう、ぐしゅぐしゅになっていた。

「あ……ぁあ」

直に大腿を跨いでいるのだから、フェルナンドはずっと前から、濡れていることに気づいていたはずだ。そう思うと恥ずかしい。

だが、その羞恥心さえも快感へと変わる。

「こんなによだれを垂らして……本当は、俺を食べたいんだろう？」

——食べるって、そういうこと？

フェルナンドがプリシラを自身にもたせかけて、少し躰を後ろに倒した、彼の大腿との間に少し隙間が空く。すかさず、ずぶりと指で突き上げられた。

「あっ」

プリシラは、びくんと腰を跳ねさせる。

ぐちゅぐちゅと指を前後させながら、フェルナンドが問うてきた。

「指で満足できるのか？」

満足できないのは彼のほうだ。彼の猛《たけ》った雄はさっきから、彼女の太ももの間で屹立《きつりつ》しているのだから。

「そんな……我慢比べみたいなの……やめ……ぁあっ……んっ」

「プリシラも我慢してるってことだな？　君が食べたいって言うまで……俺は我慢する」

——やっぱり、我慢比べじゃない。

「今日、わがまま……すぎ。こんなことされたら……食べたくなるに決まってる！」

刹那、ずんっと、熱杭で突き上げられる。

「あぁ！」

プリシラが前に倒れ込みそうになると、羽交い絞めするように脇の下を肘で支えられ、そのまま腰を突き上げてくる。

そのたびにプリシラは少し浮かんでは落ちる。汗ばんだ背が、彼の胸板とこすれる。乳房が揺れる。律動に合わせて喉奥から声が漏れる。

「そうだ。そうやってちゃんと咥えて、俺を十分味わうんだ」

「あ……はぁ……あっ……んっ……はぁ」

自身の口から漏れる音と交合の水音の中で、プリシラの頭の中は徐々に霞がかっていく。

「くッ……味わいすぎだ……きつ……」

フェルナンドがプリシラの腰をつかみ、楔《くさび》を穿ったままの状態で立ち上がったものだから、彼女は尻を突き出し、違う角度で最奥を突かれる。

「ふぁっ」

プリシラは小さく叫んでテーブルに手を突いた。

「おっと。陶器でけがをしてはいけない」

彼が片手で皿をつかみ、机の横にあるチェストに置くと、その手を腰に戻すことなく、胸へと移してくる。屈んだことで、いつもより大きさを増した乳房を下から鷲掴《わしづか》みにされた。

「んッ……んあ」

胸を揉まれるたび、乳首に指が食い込む。彼が剛直をずるりと引き出しては、がっと腰をぶつけてくる。そのたびに腹の中がきゅうきゅうと狭まった。

繰り返されていくうちに、プリシラは自身を支えられなくなり、机に突っ伏し、はぁはあと肩で息をする。

「メインディッシュはこれからだよ？」

フェルナンドが、じゅっじゅっと抽挿を速めていき、プリシラは腰をぶつけられるたびに嬌声を上げた。

「あ、ぁ、ふぁ、あ、ぁあ」

「そんなに俺を噛みしめて……いいだろう。俺の全てを呑み込むがいい」

「あっああ！」

自身の中に放たれた白濁を呑み込み、彼を咥え込んだまま、プリシラは果てた。


プリシラが目覚めたとき、ベッドの中はもう明るくなっていた。

あれは一年と少し前のこと。初夜の翌朝、ひとり目覚めたこのベッドだが、今はすぐ隣に、肘を突いて優しげな眼差しを向けてくるフェルナンドがいる。

印象があまりに正反対で、これが本当に同じ王《ひと》かと思う。

横寝でプリシラと向かい合うフェルナンドの指二本が、人形の足のように、プリシラの肩を出発して腕を進んでいく。

「なぁに？　人形ごっこ？」

「そう。今から探検に出る」

二本の指が、彼女の腕をとことこ歩いて手の甲にたどり着く。行き止まりに当たった指は下腹に飛び、淡い叢《くさむら》へと分け入る。芽のところで止まると、指二本で挟んだり弾いたりしてきた。

「こ……こんなところで……立ち止まる？」

「もっと探検しがいがありそうなところを見つけたよ？」

そう言ってから、フェルナンドが指を谷間へと進め、やがて二本の指で秘裂をこじ開けてくる。

「あっ……そこは……探検……だめぇ。だって……朝」

「今日は、ずっとここにいるから朝も夜もない」

言い終わるか終わらないかで、指二本をぬるりと侵入させてきた。

「ぁあ！」

その指から逃れるように、プリシラは仰向けになる。

すると、フェルナンドが片手で腰を引き寄せた。そうしながらも、彼女の中に食いこませた指を広げる。

「んぅ……そこ、だめぇ」

「気持ちいいところがだめなんて……どうして？」

プリシラが気持ちよがるところをフェルナンドは完全に把握していて、浅瀬の一点を指で押してくる。

「そこ、とんとんしたら……おかしくなっちゃう……から」

プリシラは、ぎゅっと目を瞑った。

「俺の腕の中なんだから、とことんおかしくなったらいい」

「で……でも……」

そのとき、ノック音がして、彼の指がぴたりと止まる。

「誰も邪魔するなと伝えたはずだ」

プリシラが目を開けたら、またしても超絶不機嫌な鬼神が出現していた。なんと命知らずな侍従がいたものか。

「はい。陛下より、よほどのことがない限り、何もお知らせしないようにと、ことづかっておりましたが、こちらは〝よほどのこと〟に入るかと思いまして……」

侍従の声がしどろもどろだったので、命知らずではない。どうしても伝えないといけないことが起きたようだ。

「用件を早く言わないか」

隣室に聞こえるように、フェルナンドが大きな声を上げた。

「はっ。たった今、早馬が着きまして、ランカステル大公が、お昼ごろ、この王城に到着されるということです」

――え？　お父様が？

驚いて、プリシラは身を起こした。

フェルナンドも気だるげに起き上がり、怪訝そうにプリシラを見てくる。

「……どういうことだ？」

「私が聞きたいわよ。だって、離婚したくて王城を出たけど元気にやってますって手紙を書いたのは一ヵ月以上前のことよ？」

「そうか。そうだよな。失踪したことで親に心配かけたくないと思うよな。そんな手紙の一通も書くだろう……」

敗軍の将のような虚《うつ》ろな眼差しで、フェルナンドがつぶやいた。

こんなに落ち込んだフェルナンドを見たのは初めてで、プリシラは慰めるように彼の背に手を添えた。

「私、離婚したいって思ったのは、本当のフェルナンドを知る前のことで、今はずっとここにいたいって思っているから」

フェルナンドの瞳に希望が灯り、がばっとプリシラを抱きしめてくる。しばらくそのままでいたが、時間切れとばかりに、口惜しそうにこう叫んだ。

「我が王妃のお父上のご来訪だ！　この城の全勢力を結集してお迎えの準備を！」

さっきまでの色惚《ぼ》け王から一転し、それからのフェルナンドの行動は電光石火だった。

――そう言えば、アローだったときも、やたらと仕事が早かったわ。

城内は昨日戦いを終えたばかりで荒れ果てている。フェルナンドの指示で、鎧を脱いだ騎士たちが一斉に清掃し始めた。

料理人たちが駆り出され、煙突から昇る煙が青空に白い筋を描く。

侍女たちは庭の花壇から色とりどりの花を摘んできて、回廊に置いてある花瓶の花を全て瑞々しい花へと挿し替えていく。ランカステル大公が王妃の居室に向かう可能性もあるとして、広間から王妃の居室へと向かう回廊、階段、そして王妃の居室は特に念入りに花々で飾りたてられた。

プリシラは入浴したあと、侍女によって王妃の正装に着替えさせられる。裾が床につくぐらい長丈のドレスだ。腰には黄金の装飾を繋げた帯を巻かれる。装飾ひとつひとつに異なる色の宝石が埋め込まれた豪華なものだ。

王妃の冠もかぶることになっているのだが、これは結婚の儀以来だ。あのときは、長ったらしい垂れ布をかけられ、それを留めるように王冠を戴《いただ》いたが、今日は、薄い紗《しゃ》でできた短い布をかけただけで、顔を遮るものは何もない。

そのとき、ラッパの音が城内に響きわたった。

――お父様が城門に着いたんだわ！

侍女に手を引かれ、プリシラがエントランスホールまで出ると、そこにはすでにフェルナンドが立っていた。

漆黒の頭に黄金の王冠を戴き、銀糸で草花が描かれた黒衣を身にまとい、肩から黄金の頸飾《けいしょく》を下げている。

――かっこいぃぃぃー！

結婚の儀でもフェルナンドは正装していたはずだが、プリシラが頭から布をかぶっていたため、見ることができなかったのだ。

正直、騎士や農夫の姿でも、彼は十分かっこよかったのだが、あくまで粗野なかっこよさだった。今は威厳と優雅さが備わっている。

「プリシラ……美しすぎて卒倒するかと思ったよ。結婚式でこの顔を見られたら……どんなによかったか」

「あら、私に惹かれたのは顔だけってこと？」

――どうして！　どうして私も結婚式でフェルナンドを見たかったたって言わないのよ！

相変わらずこの口は主人《プリシラ》の許可なく憎まれ口を叩く。

「顔なら、あのときだって知っていた。やはり、農村で出逢い直せたから、こんなに愛おしく感じるようになったんだな」

プリシラはボーッと顔から火を噴いた。

――相変わらず、たらしなんだから。火の用心よ。

「そ、それを言うなら、私だってこんなかっこいい王《ひと》だと知ってから、寝室に行きたかったわ」

やっと素直になれたところで、再びラッパ音が響き、「ランカステル大公陛下、ご到着――！」という声が聞こえてくる。

プリシラはフェルナンドに手を引かれ、外に出た。

四頭の白馬に引かれた、父親専用の、国花が描かれた馬車が近づいてくる。

――この馬車を再び見られるなんて……！

プリシラは懐かしさのあまり、涙ぐんでしまう。

やがて馬車が停《と》まり、扉が開いて現れたのは堂々たる父親の姿だ。彼は地上へと降りるとすぐに、速足でプリシラの前まで来て抱きしめてくる。

「プリシラ……無事だったのか！」

「え？　無事って？」

確かに自分でもよく無事だったと思うが、父はどこまで把握しているのだろうか。この様子だと、娘の安否を心配して王城《ここ》まで押しかけてきたように思える。

「お父様、急にいらっしゃるなんてどうなさったの？」

「どうもこうも……。離婚したくて城を出たという手紙が届いただけで、どこに行ったのか場所が書いてないから心配で心配で。クレメンテに報告を求めたら、彼が連れ戻してくれると言うから待っていたが一向に来ないし」

そこまで一気にまくしたてると、父が顔を上げて、ぎろりとフェルナンドを見やる。

「クレメンテによると、ずいぶん娘を蔑《ないがし》ろにしてくれたようだな？　今日だけきれいな衣裳を着せて取りつくろっても、ごまかせないぞ」

――クレメンテったら、お父様を味方につけていたのね～！

「私と故郷に帰ろう。前も言ったように、妃を大事にできない男は民も大事にできない」

プリシラは父親にぐいっと手を引かれ、助けを乞うようにフェルナンドを見上げた。

すると、フェルナンドがすかさず父と馬車の間に割り込んでくる。大公の手を取ってかしずいた。

――ど、どういうこと～⁉

フェルナンドは手に接吻こそしなかったものの、遠くから見たら、そう見えかねない。

これでは『臣従の儀』である。

臣下が君主に忠誠を誓う儀式のときのような体勢を取られ、父が唖然《あぜん》としてフェルナンドを見下ろしていた。

「父上、大切なお嬢様に、最初の一年、故郷から遠く離れた王城で寂しい想いをさせてしまったことを、心よりお詫《わ》び申し上げます」

調子が狂うとばかりに、父が目を瞬かせたあと、咳払いしてこう告げる。

「今謝っているのは私の後ろに広大な領地が見えるからであろう？　いよいよ、私が死ぬ前に、プリシラをもっと大事にしてくれる男に嫁がさなければならないと思ったぞ」

フェルナンドが苦しみに耐えるように双眸を細めた。

「おっしゃる通りです。ですが、我が王妃が悲しまないよう、父上には長生きしていただきたい所存。その土地は、私ではなく、私たちの息子へと受け継がれることでしょう」

――む、息子――!?

確かに、昨晩の調子では、もう孕《はら》んでいてもおかしくない。だが、まだ、ついさっきまで自分自身が子どもだった気がするので、プリシラには実感が全く湧かなかった。

「お父様、王とずっと顔を合わすこともなく、ここにいても意味がないと思って私、城を出たんです。でも、王は、フェルナンドは、民のことで頭がいっぱいで、領地のあちこちを見回っていて私どころではなかったんです」

大公が半眼になった。信じていない目だ。フェルナンドを見下ろす。

「いくら忙しかろうが、娘を放っておいたことは事実だ」

「申し訳ありません。当時は、こんなに美しくて、可愛らしくて、聡明《そうめい》で、民のことを考えてらっしゃる女性がこの世にいるとは思ってもおらず……真に出逢ったのが、結婚から一年以上あとになってしまったことが、自分自身、口惜しくて口惜しくてなりません」

次の瞬間、ぶわっはっはっと、父が大口を開けて笑い出した。

「本当にしくじったな。こんなに美しい妃をもらったというのに。心を改めるならもう一度、機会をやろう」

――お父様、親馬鹿がすぎるわ！

そう思って呆れていると、フェルナンドが立ち上がって、大公の手を両手で握りしめた。

「美しさだけではありません。こんなに素晴らしい女性に育ててくださって、いくら感謝してもしきれません」

フェルナンドのほうが重症だ。

「そうか。君とは気が合いそうだ。その真に出逢ったというところと、あと、政変があったようで、そこらへんをくわしく聞かせてもらおうか」

「はい。歓迎の宴を用意しておりますので、こちらに」

と、フェルナンドがエントランスホールのほうを手で指ししめす。

この日、フェルナンドは完全に大公の義理の息子としてふるまった。

大公は、ことのいきさつを聞いて驚くやら笑うやらで、オラーノ料理も堪能し、満足げに帰途に着く。

帰り際、大公は上機嫌でフェルナンドにこう言った。

「今回は贈り物も持ってこず、失敬した。冒険家が持ち帰った珍しいものを、今度お届けしよう」

かくして一ヶ月後、ランカステル大公からの贈り物がオラーノ王城に届けられた。

プリシラは広間でカルメラとともに、届いたものに目を通していく。故郷で、こんなふうに妹たちと見て回ったことが懐かしく思い出された。

まず目に入ったのが、トウモロコシが詰め込まれた木箱だ。父からの手紙が同梱されていて、『我が家の植物博士へ。ジャガイモと違って、この黄色い作物は暑い時期に育つと聞いた。今度はこちらの栽培に取り組んでみたらどうだ？』とある。

そのとき、トウモロコシのバター醤油焼きが目に浮かんだ。

これはロドリゴが喜びそうだ。もしかしたら、肉ジャガよりも気に入りかねない。

ロドリゴがトウモロコシを横に持ってかじっているところを想像して、プリシラは噴き出しそうになった。

周りを見渡すと、あとは、羽根や宝石など見覚えのある特産品が並んでいる。オラーノ王国の人たちには、もの珍しく映るだろう。

そのとき、カルメラから驚きの声が上がった。

「これ……あの、『はなむけの赤』では⁉」

プリシラが早足でカルメラのほうに行くと、櫃の中には、黄色い花が織り込まれた赤く細長い布地が巻かれた筒がたくさん入っていた。プリシラが三つ編みをくるのに使っていたリボンと同じものだ。

その櫃の中にも手紙があり、父の字で『プリシラはリボンにしていたが、この織物は赤いから、はなむけにも使えると思い、騎士たちにやったら喜んでいた。よかったら、オラーノ王国の騎士たちにも贈ってくれ』とあった。

「だから、クレメンテはこのリボンを持っていたんだわ！」

厨房でクレメンテと出くわしたときのフェルナンドは甲冑を身に着けていなかった。

あのときクレメンテは、腕に巻かれた赤いリボンに気づいたのだ。

謎が解けてすっきりしたプリシラだった。

終章

あれからいくつかの季節が過ぎた――。

クレメンテは、王妃プリシラによる恩赦が出され、『伯爵夫人の農村』で暮らしている。

王不在の王城でプリシラを護ったのは、ほかでもない彼だったので、王も恩赦に同意した。

王の下した処分は、クレメンテに対してだけ特に甘かったわけではない。

フェルナンドは、異母弟ペドロこそ法にのっとって処刑したが、彼の騎士団には恩情をかけた。殺されて当たり前だと思っていた彼らはむせび泣き、ほかの誰よりも王を崇拝するようになる。

そんな騎士たちを率いるのは、騎士団長ロドリゴだ。

この騎士団は『農耕騎士団』と名付けられ、フェルナンドが領地を巡る際、料理部隊とともに必ずついてきた。

王が城に滞在することとは、領主たちにとって光栄なこととはいえ、金銭面での負担が大きく、本音のところでは、早く帰ってほしい存在でもあった。

だが、政変後、状況は一変する。訪問してほしいと貢物合戦が繰り広げられるくらい、王の訪問が熱望されるようになっていた。

というのも、王の滞在中、料理部隊が城の内外に屋台を出し、肉ジャガやトウモロコシのバター醬油焼き、おにぎりなど珍しい料理を無料で配布してくれるからだ。

民だけではなく、城主も舌鼓《したつづみ》を打った。

その料理を、今後も堪能できるよう、王からの下賜品の中には必ず醬油樽が入っていた。

しかも、農耕騎士団は城周辺の土地を開墾して、涼しい時期にはジャガイモを、暑い時期にはトウモロコシを植えていってくれた。

国王一行が去ったあと実った作物は、醬油を使って調理されたのはもちろん、種として保存された。

フェルナンドはこうして、ジャガイモやトウモロコシを国内に普及させていき、オラーノ王国は飢饉知らずとなる。

もちろん、国内の城を移動する王の傍らにはいつも最愛の妃、プリシラがいた。

国王一行が領主の城に滞在中、どこの領地でも必ず見られる光景があった。馬にふたり乗りで城の近くを散策する国王夫妻の仲睦《むつ》まじい姿だ。

その光景は、ふたりの美貌もあいまって、いずれの地においても、のちのちまで語り草となったという――。

あとがき

中世ヨーロッパっぽい世界観のつもりが、なんでまた、こんな醤油まみれになったかというと、『料理王国』というサイトで、「美食家であるルイ14世が醤油をたいへん好み、宮廷料理の隠し味として愛用した」という記事を見たのがきっかけです。

ヴェルサイユ宮殿を造りあげた太陽王をも魅了するとは、醤油、恐るべし！

もし、自分が醤油なき世界に転生したら、どうなるか考えてみると……日本人として、これは耐えがたいことだな、と。

そんなわけで、ヒロインは醤油造りにいそしむことに。醤油の造り方なんて一般人が知るわけもないので、ヒロインを醤油醸造所の娘にしました。

前世の島のモデルは小豆島です。

ご存じの方も多いかと思いますが、小豆島は醤《ひしお》の郷《さと》と呼ばれる醤油醸造所が軒を連ねるエリアがあるくらい、醤油の名産地。

十年ほど前に旅行で何泊かしたのですが、醤油蔵を見学できるし、おいしいお店がいっぱいあるし……で楽しかったです。

とはいえ、転生先に醤油醸造所はありません。

そこで、家庭での醤油の造り方を調べたのですが、どれも「まず麹《こうじ》を用意します」というところから始まっているではありませんか！

もちろん、転生先で麹が売られているわけもなく――。

で、麹の歴史を紐解《ひもと》くと、どうやら米作のときに採れたカビ、麹菌から始まったようでした。醤油を造るには、まずは田んぼを作る必要があったのです。

そこでまた、田んぼってどうやって作るんだ？となり、稲作の歴史について調べ……中世ヨーロッパ風ラブコメを書くはずが、気づいたらラブ米《コメ》になっていました。

それなのに、ＳＨＡＢＯＮ先生の表紙イラストの美しいことといったら！　まるでお伽《とぎ》噺《ばなし》の一シーンのようではありませんか。見た瞬間、ありがたいやら申し訳ないやら、という気持ちになりました。

しかも、フェルナンドは男くさくてかっこいい！　これは惚れてしまう！　そして何よりうれしかったのが、猫の目みたいな瞳のプリシラです。ちょっと気が強そうで、それでいてとても美しいですよね。こういう女子、大好きです。

最後に、どうしても伝えておきたいことがあります。

ロドリゴは好きになったら、そればっかり食べる性質《たち》で、その後、夏はバター醤油味の焼きトウモロコシばかり食べるようになったとさ！

藍井　恵

《参考文献》
「稲麹と酒造り」（小泉武夫、鈴木昌治、野白喜久雄／1984／『日本釀造協會雜誌』79巻 7号）

《参考図書》
『中世ヨーロッパ騎士事典』（クリストファー・クラヴェット／2005／あすなろ書房）
『調べて育てて食べよう！　米なんでも図鑑2　イネを育ててみよう！』（永山多恵子／2015／金の星社）
『米のプロに聞く！米づくりのひみつ①米ができるまで（生産）』（鎌田和宏《かずひろ》監修／2017／学研プラス）
『中世ヨーロッパのレシピ』（コストマリー事務局・繻鳳花／2018／新紀元社）
『醬油』（吉田元／2018／法政大学出版局）

原稿大募集

ヴァニラ文庫では乙女のための官能ロマンス小説を募集しております。
優秀な作品は当社より文庫として刊行いたします。
また、将来性のある方には編集者が担当につき、個別に指導いたします。

◆募集作品

男女の性描写のあるオリジナルロマンス小説（二次創作は不可）。
商業未発表であれば、同人誌・Web 上で発表済みの作品でも応募可能です。

◆応募資格

年齢性別プロアマ問いません。

◆応募要項

・パソコンもしくはワープロ機器を使用した原稿に限ります。
・原稿は A4 判の用紙を横にして、縦書きで 40 字 ×34 行で 110 枚 ~130 枚。
・用紙の 1 枚目に以下の項目を記入してください。
　①作品名（ふりがな）/②作家名（ふりがな）/③本名（ふりがな）/
　④年齢職業 /⑤連絡先（郵便番号・住所・電話番号）/⑥メールアドレス /
　⑦略歴（他紙応募歴等）/⑧サイト URL（なければ省略）
・用紙の 2 枚目に 800 字程度のあらすじを付けてください。
・プリントアウトした作品原稿には必ず通し番号を入れ、右上をクリップなどで綴じてください。

注意事項
・お送りいただいた原稿は返却いたしません。あらかじめご了承ください。
・応募方法は必ず印刷されたものをお送りください。CD-R などのデータのみの応募はお断りいたします。
・採用された方のみ担当者よりご連絡いたします。選考経過・審査結果についてのお問い合わせには応じられませんのでご了承ください。

◆応募先

〒100-0004　東京都千代田区大手町 1-5-1　大手町ファーストスクエアイーストタワー
株式会社ハーパーコリンズ・ジャパン　「ヴァニラ文庫作品募集」係

離婚してください！
～逃亡王妃となりすまし騎士王の蜜愛～

Vanilla文庫

2022年5月20日　第1刷発行　定価はカバーに表示してあります

著　者　藍井 恵　©MEGUMI AII 2022
装　画　SHABON
発行人　鈴木幸辰
発行所　株式会社ハーパーコリンズ・ジャパン
東京都千代田区大手町1-5-1
電話　03-6269-2883（営業）
0570-008091（読者サービス係）

印刷・製本　中央精版印刷株式会社

Printed in Japan ©K.K. HarperCollins Japan 2022 ISBN978-4-596-70663-8